白鸽木兰

烽火中的大爱

李 黎

生活·讀書·新知 三联书店

Copyright © 2020 by SDX Joint Publishing Company.
All Rights Reserved.
本作品版权由生活·读书·新知三联书店所有。
未经许可，不得翻印。

图书在版编目（CIP）数据

白鸽木兰：烽火中的大爱 / 李黎著．—北京：
生活·读书·新知三联书店，2020.12　（2021.9 重印）
ISBN 978-7-108-06922-1

Ⅰ.①白… Ⅱ.①李… Ⅲ.①长篇小说–中国–当代
Ⅳ.①I247.5

中国版本图书馆 CIP 数据核字（2020）第 141285 号

责任编辑　卫　纯
装帧设计　蔡立国
责任校对　龚黔兰
责任印制　董　欢

出版发行　生活·讀書·新知 三联书店
　　　　　（北京市东城区美术馆东街 22 号 100010）
网　　址　www.sdxjpc.com
经　　销　新华书店
印　　刷　三河市天润建兴印务有限公司
版　　次　2020 年 12 月北京第 1 版
　　　　　2021 年 9 月北京第 2 次印刷
开　　本　880 毫米 × 1230 毫米　1/32　印张 7.75
字　　数　165 千字　图 119 幅
印　　数　6,001－9,000 册
定　　价　39.00 元

（印装查询：01064002715；邮购查询：01084010542）

目　录

序：献给我从未见过面的公公婆婆　1

第一章　烽火家园　5
第二章　展　翅　27
第三章　山　路　64
第四章　天　涯　82
第五章　渡　海　109
第六章　不速之客　136
第七章　炼　狱　149
第八章　"假如我为了真理而牺牲"　168
第九章　白鸽木兰　188

外一章　朱鹮送子的故事　218
后　记　240

序：献给我从未见过面的公公婆婆

1963 年，台湾，台北。

大年初七的凌晨，天还未全亮。介民和明珠终于又见到面了。这次，他俩要一起上路。

四年又四个半月以来，明珠和介民只在一家五口唯一的一次短暂会面中匆匆见过一面。明珠舍不得将眼光从介民脸上移开——纵使消瘦憔悴，从他方正的脸型和俊毅的眉宇间，她还是看得出他俩儿子的形貌。儿子刚满十五岁，还有两个分别是十三岁和十一岁的妹妹，他们都还不知道父母亲即将远行永不回来。明珠可以毫无畏惧地与介民一起上路，却无法不依恋，并在心中频频回顾她的三个孩子……

介民的上半身被绳索紧紧捆绑着。明天，农历初八，是他的生日。他将看不见自己四十七岁生日的那天。但他神色平静，或许他的灵魂已先于他的躯体，翱翔到他深切想念的土地上去了。

数声枪响。冬日的阳光无力地渐渐展现。

后来，成了孤儿的他们的儿子，在夜晚常做飞翔的梦。许多年之后，那个长大了的儿子才恍然大悟：梦中的他，化身成了记忆深处的一只白鸽。

四分之一个世纪之后，1988年。他们的儿子即将四十一岁了——那正是介民失去自由的年龄。已步入中年的儿子，像是应答着做医生的母亲在冥冥中的召唤，已是美国加州大学医学院的教授。他在离乡十八年后才回到台北——那个当年离开时感觉是亡命逃走的地方，将父母亲的骨灰盒捧到美国，安葬在他位于加州圣地亚哥的家附近一处宁谧的墓园里。

再四分之一个世纪之后，夏天，台北。一个看起来四十岁不到、相貌俊朗的外国男子，来到城中的"中正纪念堂"。从那身随意的衣着，周遭的人看不出他是美国顶尖高科技公司惠普的副总裁；从他西洋的外貌——栗壳带金色的头发、蓝灰色的眼珠，更看不出他出生在南美洲哥伦比亚的丛林里，并且有一半东方血统。不像一般的外国游客，他严肃的神态中带着一丝难以觉察的压抑的情绪。他走到"纪念堂"大厅那座以其为名的铜像前面，昂首默默凝视那个对于他是完全陌生的面孔，默立片刻之后转身离去。没有人听见他对铜像发出的质问，虽然那无声无形的质问，一个字一个字撞击着高耸的石壁：

Why did you kill my grandparents?

英文里，祖父母和外祖父母是同一个词。他问那个高踞的冷硬的铜像：你，为什么，杀害，我的，外祖父母？

作为他们从未见过面的儿媳，我也曾想过提出这个问题，但不是对着那座冷硬的铜像——我知道那不只是由一个人、一双手犯下的谋杀，甚至也不只是由不计其数的策谋者、逮捕者、刑讯者、审判者和执行者的集体合谋。许多年以前，从片段的耳语、陈旧的文件、碎裂的回忆，我只能推测那是一段曲折复杂又沉痛的家史；一对满怀理想、彼此相爱、至死不渝的夫妇并肩赴死，遗下三个未成年的孩子和太多无解的疑问。因为伤痛太剧烈，恐惧又太巨大，在那个年代没有人——尤其是孩子们，敢于去触碰禁忌，更无能为力去追寻那些疑问的解答和谜底。

当我最初遇见那个常做飞翔梦的男孩时，我完全不知道自己将会踏进一个被粗暴地埋藏、被残忍地强迫忘却的迷宫。略为知情的人好意地劝告我：不要去试着揭开那些封条、追问那些谜语，因为那都是禁忌，去触碰只可能带来更多的伤害甚至灾难。而那三个长大了的孩子，多年来无比艰辛地以自觉或不自觉的遗忘去愈合他们的伤口，追忆只会让伤口撕裂，任谁也不忍心要求他们去挖掘那些深深埋葬的往事。

十年、二十年过去了，我日益有一份急迫和恐惧：我怕时间会把已经被清除得所剩无几的记录悉数抹去，真相再也无法呈现；身为这家唯一的儿媳、两个儿子的母亲，我责无旁贷地要承担这份还原家史真相的责任——至少对我的孩子，我必须在他们问起自己的祖父母时，给他们一个可信的交代。我必须去试着推开那扇迷宫的门，打捞那些沉寂埋没在时间、遗忘、扭曲和谎言的泥沼底层的碎片，拼图般拼出一段虽不完整，但足以清晰辨认的历史。

下了这个决心之后,算一算,我用了不止二十年的时间。终于——

2014年春天,北京。介民和明珠离开世间半个世纪之后,终于回到他们生长的故土。在一场庄严的仪式和三名子女的护送下,他俩被迎进八宝山上的烈士陵园。生前死后,他们都辛苦跋涉了迢迢远道,从此总算可以安息长眠,不再冷清孤寂。

那条迢迢远道是一个曲折漫长的故事,承载在一段更曲折漫长的历史之中。这固然是我原先以为的一段家史,但在追寻的过程中,我逐渐发现他们背后那牢不可分的、宏大的国史。这不仅是两个人的故事,更是一个大时代的故事。

故事的最开头,要追溯到将近一百年前。

第一章 烽火家园

民国五年，1916年2月10日（阴历正月初八），祖籍福建省仙游县枫亭镇霞桥村的薛青云和他的妻子林美瑛，在他们福建涵江县塘北村的家中，欢喜地迎来第一个孩子——不，是两个，两个一模一样的同卵双胞胎，这种双胞胎的生成概率是千分之三。他们给双生兄弟取名仁民、介民。"仁""介"都是"二人"的意思。从此这两兄弟亲密无间，直到命运和历史将他们分离。

介民出生的时间比仁民晚了几分钟，所以成了弟弟。他上面本来还有个姐姐，早年夭折，所以论排行他是老三，生肖属龙。后来他又有了四个妹妹和三个弟弟。

薛氏重视族谱传承，可考的族祖上溯七百年前元代中叶皇庆至延祐年间（1312—1320），薛镛公从莆（田）迁至枫溪（今福建枫亭），在霞桥村落户，是为一世祖。霞桥地名很美，据说村前有港湾，涨潮时潮水涌进淡水溪坝下，适船运；村后有一大片稻田和园地，村中贯穿一条用块石铺就的约三米宽的行道，可直通镇上大街。这样良好的地理位置,薛氏先祖就在此安顿生息(参照二十二世裔孙薛力2008年修撰的《霞桥薛氏翊达支系族谱》的记载)。

福建临海,来自英美的基督教传教士,早在19世纪就从厦门、福州入境,在各地成立教会,建立教堂。仁介兄弟在族谱中的排行是二十一世,早在十八世的翊达公——他们的曾祖父,就信奉美以美天道堂基督教,并以此教育子女成为虔诚的基督徒。祖父薛贻真,在兄弟四人中行一,业农,去世甚早。三叔公、四叔公皆为牧师。父薛青云,行三(大伯、二伯均早故),艰苦求学,毕业于莆田基督教会哲理中学,担任过教师,经过商,曾到过南洋;老年在家乡电话局做行政工作,抗战期间(1940)病逝。母亲林美瑛,是受过小学教育的家庭妇女。四叔、五叔早故,六叔业医,七叔、八叔、九叔均学汽车机械或驾驶。九叔后来亦赴台,在台北公车处服务。家庭三代基督徒,而父叔辈几乎都去过南洋谋生,这在福建也是很普遍的现象。

父亲薛青云的命不像名字那么好,祖父去世得早,两名兄长也早故,父亲求学之路的艰辛可想而知。好不容易下南洋挣了些经商的本钱,回乡却遭到土匪绑架——福建的土匪也是当地特色,著名的客家土楼,建得像防御碉堡,就是为着防盗匪的。花钱赎人,介民父亲虽然得以身还,家庭经济却大受影响。

介民六岁进仙游教会办的培原幼稚园、模范小学,十二岁毕业。民国十七年(1928),介民和哥哥仁民一同考入涵江中学念初中。在那里,兄弟俩接触到进步思想——那年,"国民革命军"二次北伐,日本出兵山东,在济南屠杀中国军民,造成"五三惨案",

最早的一张家庭照。后排左一、左二就是仁民、介民

仁民、介民（后排）和父母亲（二排坐者）及弟妹们合影

随即在东北刺杀张作霖……国土被入侵,同胞被杀戮,即使发生在遥远的北方,也无可避免地在全中国各地激起了抗敌的意识。那年10月,闽北崇安等地的农民,在当地共产党组织领导下起义,建立了游击队,在崇安东北地区进行游击战争。

根据仁民在20世纪60年代书写的回忆:读初二那年,仁介兄弟俩在涵江参加了进步组织"青年反帝大同盟"。这个"反帝(反对帝国主义)大同盟"国际组织,原是由法国作家罗曼·罗兰、苏联作家高尔基和中国的宋庆龄等人,于1927年在比利时首都布鲁塞尔成立的;1929年8月,中国共产党在上海成立了相关的组织"上海反帝大同盟",其后中国各地都成立了同样的反帝爱国组织。"青年反帝大同盟",顾名思义,是同一组织在地方上针对青年学生的分支,每个月有一两次小组会,活动内容是讨论时事、看共产党地下党的小册子、学打拳术锻炼身体等。

组织活动让兄弟俩开了眼界,后来竟然瞒着父母,偷偷离开地小人少的涵江,跟着小组的"同志"跑到厦门,打算参加大城市里真正的大组织。当然立即就被家里发现,母亲急忙赶到厦门去把他俩逮到,准备押送回家,没想到两人竟然趁母亲不备又溜走了。兄弟俩住在一个"工人同志"家里,看油印小册子、学革命歌曲;他俩教工人"学文化",同时自己学说厦门话——也就是不同于莆田话的"闽南语"。几天之后还是被父亲找到,只得无奈地跟着父亲回涵江。

不久之后全家迁居莆田,介民转入莆田教会哲理中学(也是他父亲的母校),初中毕业后旋又迁回涵江,与仁民一起考入莆田高级中学涵江分校。1931年日军侵占东北的"九一八事变"、

少年介民

少年仁民

1932年日军攻击上海的"一·二八事变",激起全国抗日救国的风潮。关心时局、满怀青年人理想的介民,也积极投身学生运动:参加学校宣传演戏、制作宣传标语等活动。介民在他后来(1937)的日记中提到,在涵江中学演戏时,还扮演过《东南飞》的女主角(当时女子上台演戏的极少,男子反串是常事,如弘一法师李叔同就反串演出过《茶花女》),他不无得意地写道:"以真情流泪,动感(感动)不少女郎呢!"

高三上学期,"九一八"两周年当天,校方大概是怕学生闹事，通知全校放假一天；仁介兄弟俩和班上同学便动员全校同学上街宣传，发送"抗日救亡"的传单。校方认为这是带头搞政府最忌讳的学生运动，便将领头的两兄弟和另一位同学开除，希望就此把事情压下来。却不料这下引起了全校初高中学生的不平而罢课抗议，集体声援这三名学生。事情闹大，最后竟然导致高中解散、分校停办，大家失学，校长下台。

学校关门了，学业可不能荒废，家里决定送两兄弟到上海继续念完高中，那里有亲戚可以提供照顾。但家中经济能力只能负担一个人，介民比哥哥会念书，于是决定让介民去上海，仁民则留在莆田，进了"圣路加护士学校"学护理，出来容易找工作。虽然后来仁民上了正规的医学院，介民还是永远感念双生哥哥早年为他做出的牺牲。

介民进了上海教会学校华厦中学，却因教会办的中学无法提供正式文凭，后转入上海育青中学——这所学校是曾参加五四运动的数学家、教育家陈荩民和妻子阎振玉共同创办的。几经波折，介民总算于1936年从育青中学毕业。

介民出生之后一年，父亲薛青云的堂妹薛璧英，在福建莆田生下一个女儿，取名明珠。那个年代的户籍不精准，孩子出生之后到报户口时日期常有误差，加上阴阳历的换算，不要说"生日"，连生年有时都会填错。明珠出生的月日已不可考，甚至生年都有不同的记录。在台湾的"户籍登记簿"上，她的出生年月日是"民国八年（1919）11月12日"，但这个年份肯定不正确，因为从她的毕业和工作证件上注明的"年龄"推算，她应该出生

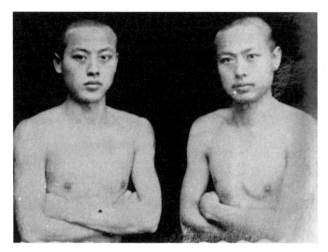

"仁介双生"（左仁民，右介民）

于民国六年（1917）。还有一个最有力的证据来自介民的亲笔：在介民满四十七岁的前夕，他写给孩子们两页话，其中有两行字"爸四十七岁足，妈四十六岁足"。所以，明珠只比介民小一岁；既然介民的生日是可靠的，明珠的生年应是1917年无误了。

算起来，薛介民与姚明珠是隔代表兄妹：介民祖父薛诒瑞与明珠外祖父薛诒松是兄弟；介民父亲和明珠母亲是堂兄妹。明珠的父亲姚玉华（姚锦文）在她五岁时，因为在失火时抢救一位朋友而被烧死，母亲带着小明珠和大她三岁的哥哥勇来、弟弟勇年，回到仙游娘家寄居，终生未再改嫁。

明珠母亲的爸爸，即明珠的外祖父，也是一位牧师，在教会工作。明珠母亲是长女，下面有四个弟弟和八个妹妹，可以想象身为孤女的小明珠，跟着寡母在这么大的家庭里生活，长辈除了外公外婆，还有十几个舅舅姑姑，同辈还有为数更多的表兄弟姐

明珠（前排左一）。身旁的小男孩可能是她英年早逝的弟弟勇年。前排右一是哥哥勇来。第三排中间戴眼镜的女子是明珠的母亲，母亲身后戴眼镜的男子是舅舅薛天恩

妹。虽然这是一个开明和睦的大家庭，但绝无可能被娇生惯养，而必须做一个勤俭懂事的小孩，承担起不能比其他人少的劳务，也不能要求比其他人哪怕只多一丁点儿的好处。所以明珠自小就养成了勤劳俭朴的习惯和自尊自重的个性。

幸运的是薛家西化开明，女孩子一样享有读书受教育的机会。明珠六岁进教会小学，毕业之后入仙游陶德初级女子中学；再之后上了高中，她对自己未来的道路便已做出了选择，包括托付一生爱情的人。

介民和明珠成长的年代，正是中华民族血泪斑斑的时代：

1925年，五卅惨案/五卅运动：5月30日，青岛、上海等地工人游行抗议日本棉纱厂非法开除及殴打工人致死，遭到开枪镇压，引发流血事件。

1931年，"九一八事变"，东北三省被日本占领。

1932年，"一·二八事变"，日本攻占上海。"满洲国"（1932—1945）在日本扶持下成立。

1935年，日本策划"华北五省自治"。12月9日，"一二·九运动"爆发。（1935年12月9日，"北平大中学校抗日救国学生联合会"发动要求政府停止"攘外必先安内"的镇压行动，一致对外抗日。）

也是在这样的历史大局里，1921年，中国共产党在上海成立。1934年，红军放弃中央苏区，开始长征（1934—1936）。

民国二十四年，1935年春天，介民由于转换学校而学业暂时中断，只得辍学回乡，又见到了从小就认识的表妹明珠。当时明珠甫从莆田教会咸孟高中毕业，担任涵江育德小学教员。

（"育德"这个名字，后来被明珠用来作为她自己行医的诊所名。）十九岁的表哥见到十八岁的表妹，像是忽然之间发现对方长大了，不再只是家族中一大群小孩中间普通的一员，而是一个亮眼的异性。他们交谈，更惊喜地发现两人有许多共同的读物、相似的想法，连他们对家国的忧思和对侵略者的激愤也是相通的；他们从对方身上看见自己隐约要探索的一条道路，而两人是可以并肩扶持同行的。

那年的4月20日是个值得纪念的日子：介民、明珠在莆田家中定情——对他俩来说就是订婚，虽然没有仪式，但两人彼此心许，坦陈爱意。后来介民在给明珠和仁民的信件里，以及自己的日记中，屡次提及那年春天，那个特别甜蜜温馨的日子，那晚美好的月色、甜蜜的亲吻、对彼此庄重的盟约……也是从信件的蛛丝马迹看出，主动表示好感的可能是性格率真的明珠——她早在之前一年，就已经对这个能诗擅文、写一手漂亮好字、相貌英挺的表哥深有好感了。

从介民当时的日记和他俩的通信中看得出，两边家里的"大人"并不是太赞成两人的交往。一方面是表兄妹的血缘关系太近——风气比较受西化影响的福建，已经扬弃传统的"亲上加亲"的婚姻观念了；另一方面，明珠的母亲觉得介民学业未成，怎谈得上成家？便要为明珠另觅对象"相亲"；而介民母亲又怕外形纤细苗条的明珠身体孱弱，也不表支持。但两人意志坚定，幸好双方家长也都开明，最后算是默认了他俩的"私定终身"。

两个二十岁不到的人，他们的"爱情"建立在怎样的基础上呢？从信中看来，他们时常交换读物，介民在上海和南京都会为

介民给明珠的第一封情书

明珠买书、订购杂志寄回家乡给她；彼此在信里引用进步文学家的话语互勉。在明珠收藏的第一封介民用毛笔写给她的信中（虽然没有年月日，但从内文推测，应该是两人定情之后不久，第一次分离后的通信），介民这样分析他俩的爱情：

> 我俩直截地写过"爱"字，只为要互助和勉慰，先由"生活"而"爱"，不是为爱而"生活"，……我俩不该为了爱而忘了"生活"、大众和国家！……你爱我，不甘为钱势所欺诱，更不怕大人的"强迫"，这是我极端钦敬你的，也可以说我爱你的动机，就在我俩的"志同道合"吧。

"志同道合"的爱，才是基础坚实、经得起考验的爱。在他俩其后二十多年的岁月里始终不渝，直到他们生命的最后一刻。

之后介民回到上海继续学业，1936年夏天从上海育青中学毕业。那年秋天，他决定去南京报考一心向往的航校（空军官校）。初试体检通过，有记录体重126磅（约57公斤），这个重量在当时普遍瘦弱的中国青年中算是相当不错的，以至让他信心大增；可惜数理化实力不够，笔试未过。但他"飞天"的雄心始终未减。随着局势的危殆、国土的沦亡，"空军永远是国防的要力"——他在日记中这样写着，他要飞向蓝天、保家卫国的志向更为坚定了。于是他留在南京准备再度报考航空学校。

介民留下的日记，最早的一本是1937年元旦那天在南京开始写的，可惜由于簿本残破，只到2月27日就没有下文了。从他当时的笔记、日记中看出，在上海求学以及后来在南京的两年多时间里，他关心国事，广泛阅读中外新闻、文学作品，甚至自己也尝试写作；同时不忘努力锻炼身体，因为身体是报国之本。早上跑步时，他会哼唱《义勇军进行曲》——这是1935年的电影《风云儿女》的主题曲，激励人心的歌词，在民众尤其是年轻人中间非常流行：

> 起来！不愿做奴隶的人们！把我们的血肉筑成我们新的长城！中华民族到了最危险的时候，每个人被迫着发出最后的吼声。起来，起来，起来！我们万众一心，冒着敌人的炮火前进，冒着敌人的炮火前进，前进，前进，进！

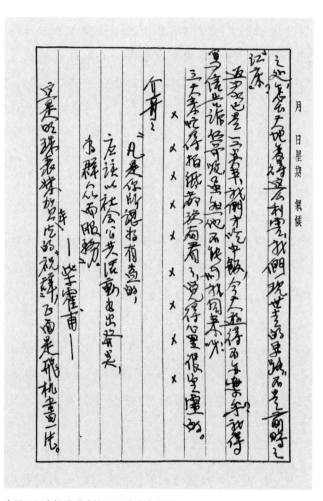

介民日记中抄录明珠的 1937 年新年祝词

1937年年初,介民在南京的堂姐兰姐家准备寒假航校的再招考试。元旦,明珠从家乡寄给介民的贺年片,正面是飞机画片,背面上的祝词,是引用俄国作家柴霍甫(Chekhov,现译作契诃夫)的话:"凡是你所认为有益的,应该以社会公共活动为出发点,为群众而服务。"

也是那年的元旦,全面抗战虽然还未开始,但已经焦虑着"中国何时对日宣战"的介民,趁着元旦假日登上南京燕子矶——燕子矶头是著名的殉情之地,介民看着脚下的滔滔江水,想到"殉情"的男女从这里跳水自尽而深有感触,在日记中写下这样的话:

> 这都是"没出息"的死,怎么早不想人生只有一死,而且是仅有的死,怎不用于反抗而死?

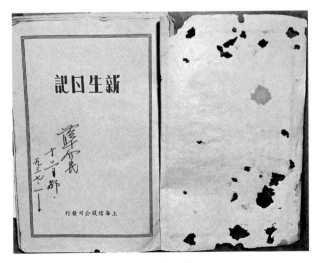

介民日记,"于首都"(南京,1937年1月)

新年伊始,这个年方二十的青年,在 1 月 4 日的日记中记下了对家乡经济建设的期待和忧虑:

> 看报知道闽建厂在筹划开发仙游,造林造纸,改良制糖烟草,和水利耕种等。这许多本是早该用政府的力量和民众合作努力的,但是家乡连年匪兵多难,只有破坏,不有建设,且苛捐什税,应有尽有,民不聊生!希望现在经建会在进行,不要换汤不换药,或者从中自饱私袋,实在家乡已乱够了。……近日来米价飞涨,日本狗在闽大批收买,以致每元只剩十四斤,本来米谷缺乏的地方,这样一来,苦人更难生活了!

他还在日记中记下抗日名将马占山将军关于内战的话:

> 因为我们都是中国人……因为反日是每个人民的意志。其实上经年"剿共"战事到现在已不再激烈进行了,士兵们都不再热心地从事于此。现在山西两军已很少接触,每一次的接触都由于长官严厉命令,士兵都不愿再打自己的同胞,当两军相遇时对方都是自己的伙伴,哪里还有人高兴在外国侵略者前作战?他们都放朝天枪了!因此我们不怕孤军作战,并且如果我们决心抗日的话,那么就不该再自相残杀了。

在日记里,介民不止一次陈述自己对航校、对空军、对献身报国的向往:"航校考期一日一日地近了,我心里又着急又高

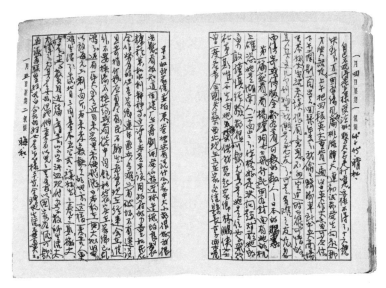

介民日记(1937年1月4日至1月5日)

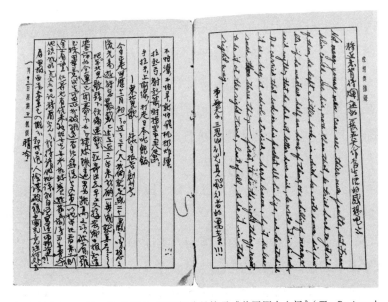

介民日记(1937年1月13日)。英文部分是摘录《美国历史入门》(*The Beginner's American History*, by David Henry Montgomery)一书中关于富兰克林自省自律的章节

兴,自信这次天不会盲目再给我以失望吧?!因为我是这么诚心以待呢!我从来没有对于什么事业如此日夜'相思'、时刻三思过。当然,一方面对于'空',我是抱着无限兴趣,一方面,空军的重要自今日起,永远是国防要力,直到世界真正和平后。因为我们祖国环境如此,自古以来,国内外没有像现在中国这样'惨''乱'的!这其中最大问题,只是'徇私',只要中国人知道自私是危险时,那国家才有救。我们劳苦的同胞,渐渐地离开'私'而'公'而团结起来了。不愿做奴隶的同胞起来吧!我自思所以如此坚决于空军,第一,读'国难的故事'深知道百年国运弱败之根原(源);第二,读'爱的教育',知道爱国是无论怎样困难,都该去做的。"

然而他何尝不清楚,就算如愿考进航校、当了飞行员,政府若是依然不对日宣战而只一味"剿共",他的报国杀敌凌云志就很可能变成屠杀自己同胞的噩梦。所以他在家书中写下这样沉痛的话:"在祖国封建残余势力未曾过去以前,内战之可憎万恶的惯技未全绝迹前,我不该学成航空就以民众之血'炸弹'去自相残杀。其实,在等全国实决心抗日时,我来学也未迟。"

在介民2月23日的日记里,有一段特别提到一位为中国牺牲的外国"烈士":"昨日'二二二'是'中国之友'肖特先生'就义'五周年纪念。他为中国为人类而殉身于苏州,因为'不忍见无辜妇孺受残忍的炮火蹂躏'。在'一·二八'之役中,日本轰炸苏州时,他不怕死地与六架敌机挣扎,卒被击落身死!这是何等正义的死,我们中国人只有自惭无地,要让别人来报仇?

（上）肖特（Robert Short）
（右）苏州肖特纪念馆前的塑像

对我们的敌人报仇。"

同时还有："昨天上海各界到虹桥肖特墓去哀吊，并且几位代表肖母的旧同学也来致祭，这真是人类之爱的表现！同时还祭了旁边的黄毓全烈士，他也是沪战时的一员航空战士。"

介民日记中提到的肖特（Robert Short），1905年出生，在美国西雅图附近的塔科马市长大，美国陆军航空上尉，退伍后受聘于盖尔飞机公司，来到中国做波音飞机的生意。1932年2月20日，肖特驾驶波音单座战斗机进行训练时，在苏州机场附近与执行对苏州机场轰炸任务的日军战斗机遭遇，肖特立即对日机开火，迫使日机逃离战场。2月22日下午，六架日机再次赴苏州葑门机场附近

第一章 烽火家园　23

侦察轰炸，肖特以一敌六展开空战，由于众寡悬殊，肖特的飞机被击中，他坠水身亡，时年才二十七岁。肖特成为中国抗日空战中第一位捐躯的外籍人士。国民政府给予他英雄称号和隆重的葬礼，随后，他被安葬在虹桥机场附近，追赠为中国空军上尉。

另一位提到的抗日英雄黄毓全烈士，广东台山人，出生于美国加利福尼亚州，中学毕业后进入航空学校学习，1926年随兄回国，任广东航空处中校飞行员。1932年年初，黄毓全新婚还不足二十天，自广州返南京途经上海时，值"一·二八"爆发，他目击侵华日军罪行，请命参战歼敌获准。2月5日（农历除夕）中国空军首次投入对日作战，黄毓全在激战中不幸牺牲，年仅二十八岁，为中国空军抵抗外侮捐躯第一人。

这两位飞行英雄的壮烈事迹，对介民的影响不言而喻，凌空报国的心愿无日无之。然而后来却因京沪情势紧急，介民在父母催促之下不及再考，而提前返回家乡。回到福建后，他随即考取福建省医事人员训练班，但未就读——显然这不是介民心之所向的志业。

正是那一年夏天——民国二十六年，1937年7月7日，中国对日抗战正式爆发。8月，日本侵袭华南，发动淞沪会战（"八一三事变"）。次日，日空军袭击杭州笕桥机场，遭国军迎头痛击。

11月12日，上海全面沦陷。

11月20日，国民政府宣告首都由武汉迁都至重庆。

12月至次年（1938）年初，南京大屠杀，至少有二十万到三十万的中国人被日军虐杀。

《中国的空军》刊影

那年秋天,明珠考入福建医学院(这是后来的校名,当时为新成立的"福建省立医学专科学校",第一任校长是侯宗濂),她是第一班,住福州城内。新建的学校借用了福州省立科学馆为教学楼。在那里,明珠结识了同学林建神——这个人,日后在她的生命中的重要性,恐怕仅次于介民。

民国二十七年(1938),中华民族进入第二个艰苦的抗战年头。那年元旦,《中国的空军》月刊创刊号出版。年初,"航空委员会"开始展开"招考航空生"入成都士校就读,每三个月考选一次。介民看到这个消息,内心又泛起了激动。他知道自己将面临一个极度困难的抉择。

正是在这之前不久——1938年年初,介民追随明珠考入了福建医学院第二班,那时校址在福州吉祥山。这显然是深获家人

"福医"旧照（翻拍自《福建医科大学建校七十五周年纪念册》）

赞同的一步：无论在承平岁月或是战乱年代，医生永远是不可或缺的专业。几经波折才拿到高中文凭，毕业后又"赋闲"了一年多，父母亲一定很欣慰这个儿子总算要在家乡安顿下来了。然而介民在医学院仅就读不到一学期。虽然心爱的明珠和仁民的未婚妻孙坤榕都进了"福医"，而仁民从护士学校毕业后，工作存了些钱，也计划报考"福医"，介民完全可以在那个熟悉亲切的环境里、在最亲爱的人的身边完成大学学业，毕业之后出来必定会有一份济世救人的工作，一切堪称完美，然而外面世界的连天烽火、无日无之的国土沦亡、百姓丧乱的消息鞭打着他，更有蓝天和英雄健儿们在上头呼唤着他……

1938年4月4日《大公报》的一则消息，让他下定决心，做出一个人生最重大的决定——他要远走大后方，再次去报考航校。

第二章 展 翅

根据历史记载统计，抗战八年，日军对中国空袭将近一万三千次，投下约二十五万枚炸弹，炸死九万四千余人，炸伤十一万余人，炸毁建筑物约四十五万幢。

在牺牲的四千多名中国空军官兵中，绝大多数是二十多岁的年轻飞行员。他们就是来自中央航空学校——简称"航校"。

1931年"九一八事变"后，日本侵占中国东北，当时国民党政府手里只有二十几架老旧飞机，也没有航空工业。1932年"一·二八"淞沪抗战中，中日空军就爆发了小规模战斗。国民党政府深知必须尽快培养空中力量，而培训飞行员更是燃眉之急，因此在原南京中央陆军军官学校航空班的基础上，于1932年在杭州笕桥成立中央政府航空学校，正式组建空军。中国第一代飞行员和航空人才，大都是在那时投笔从戎、考入航校参加空军的。三年后航校又在洛阳、广州等地成立分校。全面抗战爆发后，航校迁至云南昆明，于1938年更名为空军军官学校（简称"官校"）。中央航校培养的人才，是抗战中空军飞行员的主要来源。

"航校"旗座碑

成都"士校"校门

在全面抗战的八年里，特别是初期没有外援，中国空军能在实力悬殊的情况下，抵抗日本空军甚至能够给予沉重的还击，全靠这批抱着"我死则国生"信念的健儿。"航校"旗座上的铜铸精神标语是："我们的身体、飞机和炸弹，当与敌人兵舰阵地同归于尽！"中国空军战士的每一次起飞都可能是永别，他们每次都是写好遗嘱出征的。一位不到二十岁的飞行员鲁止渊写下这样的遗嘱："在何处阵亡，就在何处安葬。"抗战期间中国空军的牺牲人数，竟达到编制人数的三倍以上。这些飞行员和航空人才绝大部分家境优渥，受过高等教育，还有不少从欧洲、美国等归国投军的富裕华侨子弟（据不完全统计先后有二百多人）。

抗战期间空军官校飞行学生招生不足，因此"空军航委会"在四川成都南门外簇桥镇太平寺机场成立了空军军士学校，全国分区招生，每三个月招收一批。不论是"官校"还是"士校"，都必须通过一套严格的体格检查。每次报考空军的考生有几千人，通过了体检被录取的通常只有几十人。

民国二十七年（1938），介民读到4月4日《大公报》的一则消息：中央空军军士学校招生。他立刻记下了考试的日期、地点："到长沙去！"两年来无时无刻不在心头的夙愿，竟然又成为眼前的机遇了！4月中旬，介民瞒着家人——他知道父母亲绝对不会允许——只告知仁民，并且征得了明珠的理解和同意，离乡背井，从福建跋涉到湖南长沙，投考当时位于四川成都的空军士官航校。

想着不久前因脑溢血而不良于行的父亲、负担着家中入不敷

1938年4月,介民(左一)离家从戎前夕与明珠(左二)、仁民及明珠弟弟勇年合影

出的生计的母亲，介民不忍当面向他们表白，也无法对他们解释更多，只有留下几句话给父母亲："爹妈，我走了，为了国家，为了年幼的小弟妹们，万望你俩保重身体。……古今忠孝都难两全，愿上帝赐平安喜乐！"

但孪生哥哥仁民是理解的。仁民对他说："我们中国的青年，目前只有两条路了，不生则死，欲生必战，要依恋家就永远把爱国的心忘掉，不然，就得暂时忘家而先为国，不成功则成仁，是每个中国人时刻不能忘的！"手足分离时，"没有伤悲和犹豫"——介民在日记里这样写道。

最难舍的人还是明珠。因为怕明珠伤心，介民一直拖延着不告诉她自己要离开的决定；最后不得不表白的时候，恰巧当天的报纸报道着："敌机肆炸广州女车衣厂，炸死女工五百余人。"他俩看完新闻互视对方，无须话语也心意相通——介民再也不能坐视，而必须行动了，那就是远走，走上一条献上自己的路。在那些年里，千千万万年轻人跟介民一样这么做，从家里、从课堂上走出，走到战场上——这个行动有一个最现成的成语："投笔从戎。"

听到介民的决定，明珠那一刻的反应虽然是忍不住悲伤落泪，却也明白这是介民长久以来的心愿。她太了解他了。所以明珠不仅没有劝阻，还收起眼泪勉励介民"前进，为国家出点应出的力"。介民的"由闽入川"笔记（1938年4月4日到6月28日）第一页里，就记述了他俩的离别情景和明珠的殷殷叮咛：

　　你放心去吧，你为爱国而牺牲一切，我了解你，这样的爱才是完美的伟大光荣！

离别的前夜，就像他俩的定情之夜一样，又是一个明月夜。对着月亮——他们的家乡话叫"月娘"，介民和明珠向彼此做出了盟誓：天涯海角，只待别后归来重聚。

然而这一别，竟是两人都未能预料的长久。

介民与两位友人去长沙报考空军航校的路线是：4月19日从福州出发，乘长途汽车翻山越岭，经建瓯，途中目睹无票的伤兵被粗暴地赶下车；4月21日越过险峻的仙霞岭进入江西境内，乘浙赣线"特快"（其实特慢）火车，22日晚上到达南昌，见到许多流离失所的难民。次日换乘湘赣线快车，24日抵达长沙。在长沙，他目睹欢送数千名伤愈的健儿回到前线的欢送大会，士兵们视死如归的笑貌令他感动难忘。"五九国耻"纪念日那天也在长沙，目睹"街头巷尾小孩老人，都唱着《义勇军进行曲》、抗战歌声，游行队伍凡六十单位，还有伤兵参加……"

4月26日，介民从长沙给家人亲友分别写了四封信，其中给明珠的这封被她细心地保留下来，并且用铅笔轻轻地注明了年份（1938）编号第五："……爱的珠，你不必以再见难而伤心，你应该可以想象到远远的火线上，千万的同胞在过着怎样生活？我们都是同国国民，舍身卫国是天职。……你该勇敢快乐，我预祝我俩于胜利的四月相见，同唱凯歌！……"

在旅途中，介民从新闻得知：日军进攻并占领了离他的家乡不到两百公里的厦门，虽然壮丁民团极力抵抗，连青年学生也拼了命，但敌机轮番狂炸九天，死伤无辜民众三四千人，厦门最终在5月15日全面沦陷，妇女被奸杀无数，千余名壮丁被集合到

介民的"从戎笔记":

左:"莫依恋你那破碎的家乡!薛介民,一九三八、四。"

右:福建福州—浙江—江西南昌—湖南长沙—湖北汉口—新都重庆—四川成都;"有志竟成凌云愿!以身许国报血仇。""一九三八,夏 由闽入川/'西征'八千余里。薛海燕"

码头遭扫射……他的忧愤已到了一个人能够容忍的极限。但他在1938年4月至7月的旅中日记封面题写："莫依恋你那破碎的家乡！"——纵使千般挂念万般忧恐，他已经不能回头，也不许自己回头了。

5月21、22日两天考笔试，25日发榜。在三十二名正取生员中，介民以第四名通过。他向飞翔报国的梦想走近了一大步。

以后几天，介民在长沙看了一场苏联的电影，剧中的青年人为贡献国家的理想而推迟结婚，引起他的共鸣，觉悟到自己和明珠也不必急于结婚。大部分的时间当然是用来读书：他读了一本写空军英雄阎海文事迹的书《血洒晴空》、一本巴金翻译的关于西班牙反法西斯内战的《西班牙的斗争》、一本《朱德传》。最令他欣慰的是收到母亲的信，父母亲不仅没有责难还为他祈祷，离家的游子总算得到了父母亲的祝福。

6月4日，介民随团入川，从长沙乘湘汉军用专车，经岳阳、武昌、汉口；6月17日从武汉乘"大兴号"公务差轮，沿长江经沙市到宜昌换船，却在宜昌等船等了将近两周。一路上遇见来自天南地北甚至国外的人，介民会说闽南（厦门）话、福州话、上海话、"国语"，加上一点英语，虽然性不喜交际，倒也与人沟通无碍，甚至必要时替人做翻译。有位来自菲律宾的第三代华侨青年柯腾蛟，出身富裕家庭，却回国来投考航校报效父祖辈的祖国。柯腾蛟带着一架相机（据他自己说是可以拍飞机）、一把小提琴（介民称之为"怀娥铃"，即violin），不会说也不会读中文；由于都是福建人，介民替他作翻译；途中柯腾蛟生病了，介民细心照顾他，从此成为航校同学、亲密好友。50年代柯腾蛟从台湾空军退伍回到菲律宾，介民出差去菲律宾时两人重逢，柯腾蛟送了介民孩子一辆儿童三轮小车，令邻里孩子们羡慕不已……这是后话了。

　　船行过三峡，停经万县、酆都，7月11日抵达重庆，又开始苦候去成都的火车，等了两个多星期，终于在7月底抵达成都。一路上介民把看过的书报杂志寄回家乡，给他最挂念的"仁哥""珠妹"读；想到他们也能读着这些文字，天涯咫尺，内心稍觉宽慰。但家人已四散到乡间避难，福建医学院迁到沙县，福州已成孤岛。而报上的消息有令他振奋也有令他悲愤的："北平游击队活跃""我空军轰炸南京长江敌舰""八路军入冀东过热河""武汉空袭""广州又炸死二百多人""敌机狂炸九江市区，东面炮战甚烈"……

　　7月30日，介民到成都空军军士学校入伍，成为二期（后为空军官校十二期特班）驱逐飞行科学员，预期三年后毕业。

　　空军军士学校简称"士校"，位于成都老北门的北较场，那里是黄埔军校成都本部的所在地，"士校"学生在军校里被称为"代管生"。军校拱门式的三洞校门，正中大门两侧巨大的对联标语写的是：

　　　　贪生怕死毋入斯校，升官发财勿进此门。

　　发给生员的硬壳封面笔记本，介民显然非常珍视，首页题字："有志竟成凌云愿，以身许国报血仇！"下面是地点、身份和日期："成都北较场，中央军校第三分校/代管第二队空军入

介民的飞行笔记。八十年前的硬壳封面笔记本

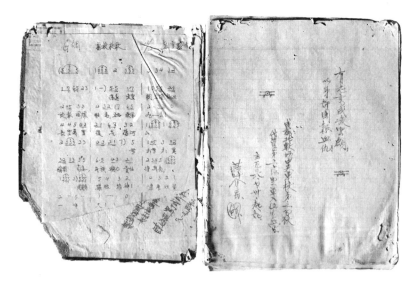

左边封面的反面粘贴着"航校"的校歌,有谱有词

伍生营。/主一九三八、七、卅、起记。"签名是薛介民,之下一颗心形框里是"仁、介"两字——他的心无时不与孪生哥哥同在。另外,还有两只用简单的两横杠中间一个圆圈、底下两点代表飞机的图案。左边封面的反面粘贴着航校的校歌,有谱有词:"得遂凌云愿,空际任回旋。报国怀壮志,正好乘风飞去!长空万里,复我旧河山。努力!努力!莫偷闲苟安。民族兴亡责任待我肩,须具有牺牲精神,凭展双翼一冲天!"

从这天起,1938年7月30日,这本硬壳面笔记本每天写下日记,一直到翌年(1939)3月9日为止。

在日军侵华"八一三"淞沪会战周年那天,介民用"薛海燕"的署名在日记本写下:"步着先烈同志的血迹前进!光荣的死,才是永远的生。"

半年多的"生员"军事训练生活,最苦的是眼看蓝天遥远无比,日思夜想的飞机根本摸不着。入冬之后由于"官校"的学生也来了,刚入伍的生员就被送到成都四十里外新都城的一座寺庙"宝光寺"去继续入伍训练。从"航校"转进连电也没有的小庙,以为从此"得遂凌云愿"的学员们失望和怨愤自然难免。在宝光寺,正殿和禅房是不可以去的,生员的寝室是原先存放骨灰坛的灵房,三层木床,草棚当教室,食堂当然没有,吃饭是蹲在地上吃……但介民并无怨言,无日不自励自勉,关注时局、用功学习,学着英文还想学俄文;除了集体操练也自己锻炼身体,坚持冷水浴,还洋洋洒洒写出一篇论冷水浴的益处和实行的方法。

艰苦战争年代的军伍生活,在介民的日记里处处可见生动又扣人心弦的描述:

一九三八年十一月卅日，阴雨恼人，〈礼〉拜三　升旗后，潇潇雨下！我们仍出发打野外，风刮得有点冷不住，水湿颈子又不舒。我今天佩轻机枪，受罪了，可是也能应付自如，找回散兵群……演习两班各一次，前仆后继，快跑卧倒，不管棉衣了，草鞋踩入软田泥中，拔起来只有袜子了，很吃力，衣服满泥污，但也没衣服换，手冻面寒肚饥足软。早收操回营，两三同学洗冷水浴，大家看得摇头，"我们是铁的队伍，我们是铁的身心……"我自觉很能耐冷，当风刮来时，冷水浇头下，不怕，练成钢骨铜身汉，将来高空飞行好！……

他当然时时关注战情，尤其家乡和附近的情况，读报之后摘录进日记里。这是同一天的日记："敌机近日窥探闽南各县。闽旅菲华侨积极救济难民！闽北台民参加祖国抗战。敌机狂炸常德。三水敌大部撤出。从化我军前进！……"

他如实地记下同袍发生的令人扼腕的悲剧：

一九三八年十一月廿七日，阴沉，礼拜日　一六连一位北方同学，发神经病，打人，乱唱胡说，如哭如笑！同学把他绑在储藏室中空床上，他脸上乱打乱摇，一点一孔的，面色还如常，但眼睛变了样，野兽似的给缠缚在床上，他很少醒过来，也会喊痛愤怒，但又要打人了！大家说他因家乡给日本人占了，家中的人生死无音讯。我们在希望他能早日恢复精神健康，但这已不好飞了！

大后方的成都当然不同于他福建的家乡,更无法跟他住过的上海、南京相比。在日记里,介民痛心地这样描述国难期间的成都:

> 成都街道土湿碎,臭得要命!路上所见之多有烟店多(福烟占相当位置,虎标万金油这里特别普遍),土膏店多,棺材店多,大便多,这表示人民不健康,不卫生,人物表现,乞丐多,饿童多,车夫多,都是瘦得可怕!男人多头扎白布当帽,一支旱烟管,女的脂粉不匀,水烟筒。马很少见,黄牛当马,载货耕田,颈挂铜钟子。……("土膏店"就是鸦片烟馆。——作者注)

后方的景象虽然如此不堪,想到前线战士还在奋勇杀敌,他便不以自律为苦,只是迫不及待学习飞行的那天到来。军队生活体力消耗大,介民总是感到肚子饿,但舍不得花零用钱"打牙祭",为着要省下来买邮票寄家信。12月的夜里冻得手脚生疼,队里终于发下了新棉被,身体暖和了,他却提醒自己:"要记着,这都是民脂民膏!"

有几次敌机来炸,眼睁睁看着空战,恨不得"跳上天去"!对于敌机第一次轰炸成都,介民在日记中有第一手的生动描述:

> 十一,八,晴,细雨纷纷,敌机第一次炸成都! 收操回来,雨细细细下,天满面天灰色,地静静地躺着,上课,大家再也想不到敌机会来炸的!我没有听到警报,一叫

哨子我们砰砰扑扑下楼拿枪去,一直往四面观音那边躲去,云雨灰雾,今天敌机怎么好来?准撞山"自死"。等了好久,我空军和声同气地高飞起来了,云中上下戒备着!慢慢地南天云里嗡嗡群鸣,哦,来了,未见机影,"洞——"南机场空军学校炸了,慢慢地过来了,在我面前半空,八架台过去,我们驱逐机二架,居高临下,Dive(俯冲)下来,敌机数十挺机枪先发了,队形很密接,我机冲下对左小队左机攻击,但是马上一栽下来,好像不能起来了,马上又"鸣"起了,但是不再逐,另外一架也不冲前,让它们走入云中低飞炸北机场去,"洞——!"为时二十分?敌机去了。我空轻重轰炸机,欧亚中国公司机仍在飞着。未知空校炸得怎样?!听说那架直冲下去的,是受伤了,机师是受弹。今天太便宜了敌人!天气很不好,但它们"如愿返防",高射炮他们说听到的,但没有一点劲力!我空军太少了,送到口中物不能如愿打下来,我看得心急,要跳上天去!

介民和他的同学们是次年 2 月底离开新都宝光寺,住进了成都的空军"士校";换上空军军装,坐在有座位的饭厅里(虽然厨房的卫生条件差得可怕,厨师有性病,食物如果细看就不敢入口),至此才算过上了真正的"航校"生活。

(当我小心翼翼地翻阅这本写于八十年前,经历多少劫难竟然奇迹般保存下来的笔记本,看着破损的封面、虫蛀的纸页、漫漶的墨迹、密密麻麻但整齐的字体,仿佛这位出生在一百年前、早已作古的书写者,竟还是那个满怀凌云壮志的二十岁青年,隔着浩瀚的时空,断断续续地叙述着他的故事……八十年后,我去到了宝光寺。位于四川广汉,以"五百罗汉"著名的宝光寺,里外装修得庄严气派,早已不复当年面貌;庭院里有一块布告栏上列出了这间寺庙独特的历史:当年黄埔军校、陆军"官校"和"航校"都曾借住此地,现在犹存的两侧厢房便是当时的学员宿舍。)

民国二十八年(1939)3月4日,"士校"第一、二期的学生举行"开学、升学典礼",由当时的教育长王叔铭主持。他们开始在成都太平寺空军士校正式接受训练,初习飞行。

初级飞行训练,是要教会毫无飞行经验的人,在空中驾驶一架飞机,并操作各种不同的飞行动作。先由教官带飞示范,学生依照学做,直到能够"放单飞"——独立操作起飞和安全降落。学校规定:每个学生都必须在十个小时之内达到单飞的程度,否则就会被淘汰。在这第一阶段,就有将近三分之一的学员被停飞刷下了。初级飞行训练近十个月,飞行五十小时,到最后淘汰了半数以上的学员。

据同班同学、二十年后的"同案"李和玉在调查时供称:薛介民于初级飞行时,"风头很健",是全期同学第一个"放单飞"的,"学业好,会写文章,写了一篇《单飞记》登在报上,同学们都敬仰他"。介民的英文也比一般同学好,曾为李和玉写过一篇英文短篇作文,供李准备少校考试之用。

同年春,介民开始在《中国的空军》投稿,笔名"薛海燕"

或"林青云",描述宣传空军飞行生活、空战纪实、烈士英雄事迹等文章、诗词,鼓励青年投效。

我愿意在这里给你寄诗,歌颂你刚毅果决的精神!可惜我写不出美辞,只有把我的心整个献在你面前,在里面有颂赞的美歌!……当你高飞在空中时,希望你低首向社会的每角落细查,其中充满有宝贵的教训和勉励!记着,那时你应该把伟大的爱普遍地播散给大众!谨祝你在这伟大的年头,成就报国的技术!

这是1940年,明珠送给介民的新年献词。介民的回答是:"等待这血债都算清楚,我望展双翼飞向海滨,伴你同住。""在天愿作比翼鸟,在地愿为连理枝。"

明珠为介民编织了毛衣毛袜、手套围巾,通过千里烽火山河大地,寄到介民手中,暖和了他的冬天。介民也为明珠在大后方搜寻妇产科方面的书籍,寄回家乡给她。

民国二十九年(1940)年初,介民随二大队调到双流机场接受中级飞行训练和学科教育,从驾驶小马力飞机过渡到大马力飞机。当时的成都平原可谓中国空军的大本营,其中以太平寺机场最大,长宽各有八百米,而双流机场比起来要小三分之一。

(但是今天的成都双流国际机场已是中国中西部最繁忙的枢纽机场,名列世界前五十大繁忙机场。2013年8月我们到成都,因当时中国民航飞行学院党委书记朱勇先生的陪伴,得以参观太平寺机场——废置的机场,停放着退役的旧式飞机,我们的

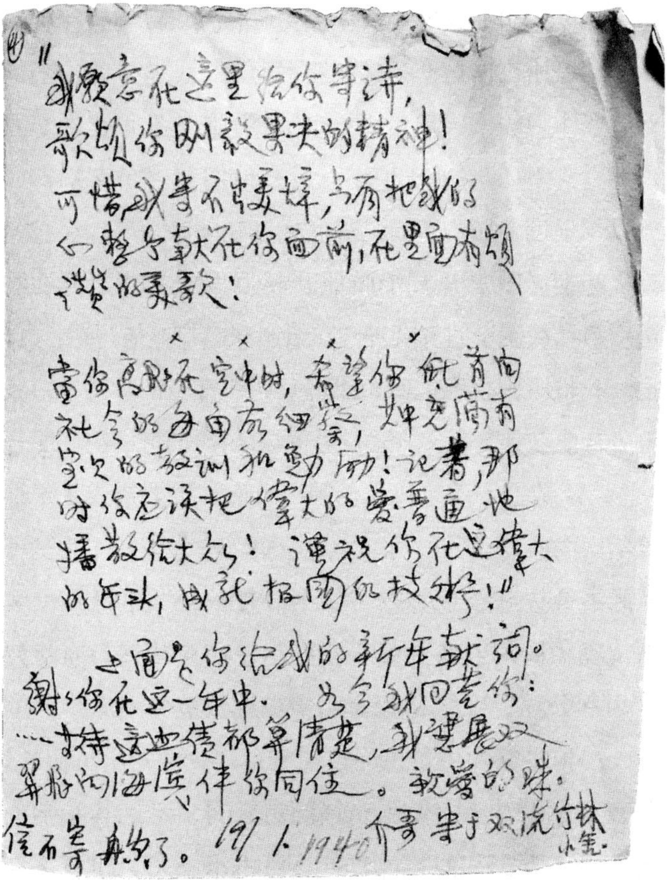

介民手抄明珠 1940 年致介民的新年献词

"参观"只能是凭吊；但想象七十年前，雄姿英发的空军健儿们就在这里练飞、出征，心情依然激动。朱勇是故人之子：他的父亲朱铁华是介民的同班同学，介民日记中多次提及这位好友，也存留了好些张或两人或集体的合影。朱铁华与妻子来华的婚姻正是介民和明珠撮合的：明珠从医学院毕业后在永安省立医院做医生，来华在那里任护士，后来他们都去了南京，成就了一桩好姻缘。）

2月26日（阴历正月十九日），介民父亲去世。身在军校的他，得到消息却无法回乡奔丧。在给明珠的信上他写道："因为爹的去世，我怕听到夜犬之吠，斑鸠哀叫，甚至同学的歌声，凄冷的雨……"他忍受着丧父之悲，等待自己"长着铁翼"的一天。

3月，汪精卫于南京成立伪国民政府。抗战进入了更加艰苦的阶段。

秋天，介民在学校涉及"学生殴打教官"事件——案首为同学蔡汝鑫（后来未见列在毕业名册上），起因是教官对待学员不公平引起公愤；在平剧晚会上学员座位被分到后排，学员心生不满，与值星官发生争执而被罚立正，更激发学员们的愤怒，以致与教官发生冲突，结果全体学员被罚禁足。其实学员们对校方法西斯式管理和奴化教育的不满由来已久，此事正是长久积怨的一次爆发。介民虽未动手，但因同意蔡同学的看法而令校方不满——全校所有同学都被迫写"感想"，介民的感想内容要点是"如果分配座位比较平均，就不会发生这件不幸的事情"；学校认为他的看法不应该，传他去问话，指控他与思想激烈左倾的蔡同学过于接近（介民与蔡是福建同乡），于是被关禁闭两周，写了悔过书才被释放。此事多年后仍然记录在介民的档案里，挥之不去。

10月4日，日本"零式"战斗机首次进袭成都。这款日本新研发的战斗机灵活、高速，续航力和通信能力强，成为太平洋战争期间最知名的、令盟军最头痛的战斗机。

民国三十年（1941）年初，介民回到太平寺开始高级飞行分科训练，使用大马力的飞机，在更大的空层和空域中，进行各种空中作战的技术演练。"分科训练"分为驱逐飞行科和轰炸飞行科，分在哪一科取决于学生的意愿和飞行教官的意见，但以后者的意见为主。介民进了驱逐飞行科。驱逐机也就是战斗机，只有一个飞行员座位，单飞独行。介民单飞霍克-3型战斗机，有一次起飞时操纵失当，在T字布（用在机场上指示飞机着陆方向和位置的T字形标志物）旁栽倒，机毁但人幸而无恙。

1941年12月7日，日军偷袭珍珠港，太平洋战争爆发。美国介入之后，原先以志愿队名义来华的美国空军人员，改编成为"飞虎队"，后又进一步编制为美国空军第14航空队，正式加入与日本作战。

民国三十一年（1942）1月15日，介民从空军士校二期、官校十二期特班驱逐飞行科毕业（正式毕业日期应是前一年的年底）。该期共毕业一百零五人，其中驱逐飞行科五十九人，轰炸飞行科四十六人。之所以有"士校二期/官校十二期特班"这样的"双学历"，是由于一段特殊的历史背景：抗战时期急需大批空军人才，只凭一所中央空军军官学校完全无法达到要求，因此在内地又成立了一所飞行训练学校,广招生员、快速培养飞行人员;而全国青年,尤其是沦陷区的年轻人,都视之为从戎报国的最佳途径。他们以为"航校"也就是空军官校,进去之后发现是"军士学校",毕业后只是士官身份,而非如"官校"毕业生的军官身份。如此不公平的待遇引发很大的抗拒情绪,最终的解决方案是:将"士校"的毕业班学生增加半年的学习课程,毕业后按照军官待遇授衔少尉,从此"士校"毕业生除了"士校"的期别之外还有比照"官校"的期别;而为了区分,"士校"毕业生的"官校"期别要加"特班"两字。所以"士校"第一期毕业生授以"官校十一期特班",第二期是"十二期特班",以此类推。直到四期完成时美国已经介入训练,"士校"已无存在的必要,其五、六、七期都并入"官校"受训,从此"士校"成为历史。

台湾的同学们在1991年(毕业五十年)后,出了一本《空军士校二期毕业五十周年纪念册》,有三百多页,内容非常丰富;从入学、训练、学校生活大小事件,到后来各人的发展、遭遇,甚至退休后两岸老同学重聚的情景,都有回忆叙述。每位同学有一则"个人资料专页",除了姓名、籍贯、照片之外还有一段"小传",介民当然也在其中。

当年的航校同学在纪念册里这样写他:"薛介民,福建人。此人看来老成持重,不苟言笑。有一双胞胎的兄弟,名为薛仁民。……在考入士校前,就在福建某医院大学读过一年。抗战军兴时,才投笔从戎。自修很勤,笔下不错,写过不少文章。"

毕业后同年5月,介民调凤凰山空军八大队接受后续训练,

《纪念册》关于介民的一页

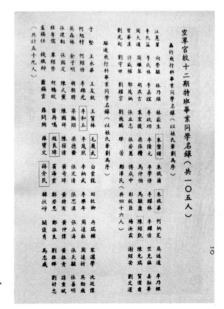

同期毕业同学录。框中的名字，有的牺牲，有的失事，有的投诚，还有的同案……

介民跳伞着陆，1941年8月14日

分发部队任飞行士见习服务。年底调四川新津驱逐训练总队见习一年多，集中伊-15、伊-16型战斗机的作战技术训练。

在一封于1942年年底写给仁民的信中，介民有感写道："中国无重工业，工具都是外来，甚至一支小钉子也不能自造，如寄生草落根在别人身上，是多么可怜！"因此他希望三弟仲民将来成为科学家或工程师。其实介民的志趣是文科，他喜欢写作，除了发表诗歌还悄悄地写自传体的小说，题目暂定为《假如我为了真理而牺牲》，第一章"姑丈的死"（可能是写明珠父亲舍己救人的事迹），第二章"仁介的爱"，第四章"你我初恋"，最后一章是"我的牺牲"；到1944年出国前已写到第三章，两万四千字。可惜都没有存稿。这么一个充满写作热情的人却生不逢时，无法享有悠闲写作的奢侈。他只有以身许国，做一名战士。

民国三十二年（1943），介民晋升为军官，分配到第五大队

（四川双流）当队员半年，进行新战机 P-66 的训练。他在 11 月 15 日的日记里记下：

> 灰云雪轻，飞行去，先飞到"小北美"六个起落，就飞 P-66，天下无难事，新奇进取，大胆心细。（1）下滑向左侧；（2）拉高，有点重！！心里很喜欢的，下午接到《联合画报》社的画报，心里很安慰，我做了一个新的尝试……努力，大胆，勇敢，战斗，从 P-66 起手。

后调十一大队（太平寺）半年。身为军官，介民非常节俭，省下伙食费，还有平日写诗和短文投给报纸的稿费，按时汇给妈妈，偶尔也汇给仁民和明珠的母亲，都一笔一笔地记下。

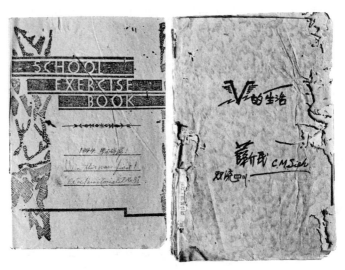

左：航校日记，1944；右：V 的生活，1943 年 10—12 月

有一本介民在1943年10月1日到12月31日写于双流的日记"V的生活"（V代表胜利——Victory），不仅有逐日的记事，还有他投稿的剪报。

到这时，介民和明珠分离已经整整五年半了。他们谈到明珠次年毕业后来川相聚的计划。然而10月20日介民写道：明珠来信，说已禀告介民的母亲，她明年医学院毕业后不来四川与他结婚了！一方面是负担不起旅行、成家的费用（介民每月收入仅五百元，一张邮票就要四元；而入川路费需五千到八千元），而主要是她决定要投身医学事业，专攻妇产科。（之前一年她是想过到内地来实习，但没有合适的医院和条件，更无法负担路费，只得作罢。）介民内心当然是有深深失望和苦恼挣扎的，但最后他想通了：让仁民哥先结婚吧（孪生兄弟原先是想同时结婚），既然"爱人和爱国矛盾"，他和明珠等到战后再结婚，现在的自己应当勇敢杀敌，"把我的翅膀做珠的手术刀"。在他的心中，明珠是"最勇敢可爱不过的女子"，因为她"把爱人送给了祖国"。他把明珠比喻为傲霜的秋菊。介民在信中对她说：中国人，两百万人中才有一位医生，家乡需要一位女医生；他了解尊重她的志气，他欢喜祝愿她成功，而他自己也将展翼万里长空。

在这封"小我VS大爱"的信里，介民这样写道：

……我希望您医术成就，尽我所能助您，当然不会阻止或妨害您，因为我俩都认为有比"自私"重要的事业在我俩前头，因此，我俩一别已六年，无限痛苦——不，不

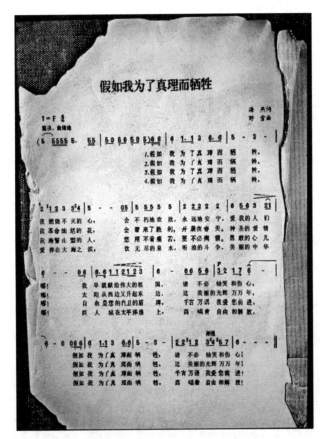

《假如我为了真理而牺牲》歌谱。海燕（薛介民）词，野雪（赵良璋）曲

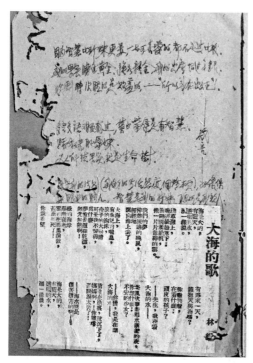

介民发表的诗作
《大海的歌》

介民投稿的诗作《云的问讯》

是苦,是爱的绵延不尽,我俩都一一忍受,还要忍下去的。您的工作何其重要,中国人,二百万人中才有一位医生救他们、她们,永安需一位女医师,珠啊,这在我也觉光荣。当然,您每日夜只听见呻吟,看到创伤、痛苦,为着救治别人,牺牲小我自私的爱,在为同胞为祖国上,是再伟大没有。……在那白色的病院中,透过窗帘,一方蓝天,落入您的眼底,您望白云,会忆念我的矫捷的铁翼,还有可爱的马达,钢炮交鸣。……

我回想在南京接您欲考省医的信,您早已立志做独立女性,要救己救人,为可怜的女同胞努力一生,那时的我就深深地感到您的伟大志愿,我已很欢喜在祝望您,今日您成功在即,我也展翼万里长空,为争取最后胜利,祖国需要我们……

1944年来了,国家还在艰苦抗战中。2月,介民在自己二十八岁生日这天的日记里写道:"今天是仁介双生日,下午孤独走去城中,汇五百(元)给妈,买两次九元花生当作'红蛋',在灰雾暗云的黄昏田间。……各机场大大扩大,新津有人因田被开了,上吊死!黄天坝老百姓同测量人员打架,美国人开小车在场,遭打了。……米已卖到七百(元)以上一新斗了,中国人是怎样在吃苦。"给自己的"庆生大餐"是两包花生米;而心心念念的还是战争年代的苦难。

在1944年年初的日记中,介民在好几处提到一位成都华大的女学生"Miss 王"常找他见面,用芳香四溢的粉红色信笺写信给他，约他散步谈心。他不是没有动心，但理智地保持着距离——他要"永远忠于珠"。日记中也提到飞行失事惨死的同学，心里明白：意外和牺牲，是几乎无法避免的；在内心深处，越是深爱他的珠，越是担心随时都有可能留下她一人在世上。

无论是私密的日记还是给明珠或仁民的信里，介民总是自然流露出在那个年代少见的男女平权的思想。譬如他说过："守贞"的观念不能只片面对女性要求，男性也应该有同样的自律；看到同事殴打妻子，他难过到"我心欲裂"；明珠坚强、独立，理想和事业心重过儿女情长，坚持两人都能自立时才结婚，因为她"死也不肯给男子养"……换作别的男子，也许会觉得性格这样独立好强的女人不会是好的伴侣，但介民不仅欣赏、尊重她，而且总是给她发自内心的赞美和鼓励。

介民有一本封面注明"Curtiss P-40N Warhawk 战机"的笔记本，写于1944年2月至3月"在十一大队"，图文并茂，非常详尽，当是他在太平寺练习驾驶美式"战鹰"飞机的笔记。这本全属专业、对我是"隔行如隔山"的手册中，有一段话却是我可以理解而且令我肃然起敬的：

驱逐（机）飞行员：

（1）迅速：上飞机有自己的检查系统（眼、耳、手、足），同时做去。

（2）沉着：不用紧张自扰。

（3）确实：就是炸弹落到头上，也先按步做到才走。

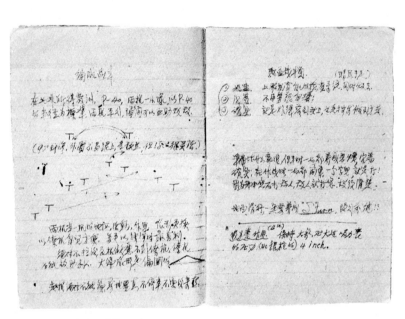

介民的 P-40N 战斗机手册

读着这些话,让我懂得了"视死如归"是怎样的一种情怀。

福州分别在1941年和1944年两次被日军攻占。"国破山河在"的春天,1944年4月,介民用"薛海燕"之名写了一首抒志的长诗《没有眼泪》:

没有眼泪,没话说,/看那第一滴婴孩的血,/从敌人的刺刀尖,/滴在祖国受难的土地上。

我!/就封锁了泪的闸门,/走啦!/没留一滴眼泪。

"应该背起他的十字架,……"/"人还能拿什么换生命呢?"——《马太福音》

我把全生命献上给祖国。//

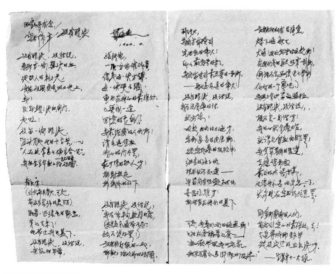

《没有眼泪》手稿

春天呀！/（到处都有春天，可是，/都没有家乡的美丽）。

驰着一匹绿色的野马，/第七年来了！/她飞过我的翼下。

没有眼泪，没话说，/我自己把年华，/孤独地，/一秒一分地堆砌着，

像是每一块方砖，/每一块硬石头，/重压在我心的最深处，

已筑成一道/回忆的长城了。

我最恬爱的人们哪！/请永远住在/我心的门内罢，

最可恨的敌人呀！/都射杀在/那城外的山下。//

没有眼泪，没话说，/我不诉半句软弱的话，

（与其是永远诉不尽，/不如不说好罢！）

当我们将自己的一切，/都献上 给抗战的祖国。

到了今天，/我们才体验到/这世纪的伟大！

所以，最痛苦的来了，/我们体味到最光荣的一刹那，

——那也是永远的伟大！

没有眼泪，没话说，/我不说屈辱的话。

亲吻您！/母亲，我们的大海呀，/您那遥远的波浪哪。

从您风暴的怀胎中，/诞生的孩子们，/根本就不知道——

宇宙间有阻碍和可怕，/喜马拉雅呀！/都低首在我们的翼下。//

可是，我暴风雨的海燕哪！

日夜在虔祷着上苍——/"我心愿飞回我的老家，/那里有着永远澎湃的波涛！"

当我们把所有的强盗，/赶下海底去，

大海！我们老苦的母亲哪！/在我们真的再见的第一

刹那,

（那绝不会还像这七年中,/任何的一个梦吧。）/我马上会欢笑到发狂。

没有眼泪,没话说,/说不出一句话呀!

我的心就会爆炸,/就让它自然地炸罢!

我会带着我的马达,/去撞碎那面/最后的太阳旗,

也让我永远地安息一下,/就安眠在您的怀抱里罢。//

盼望那爱我的人们,/都走到您心的最深处,去!

去追寻我那多少年/从没流过的血和泪呀。

——空军第十一大队

1944年6月,介民奉命赴印度接收美国的新式战机。从此他和明珠将离得更远了。(但当时他还不知道,印度之后紧接着就被送去美国接受训练,要直到将近两年之后才能回到故土!)这些年来,他无时不做着殉国的心理准备,此去万里,更不能预料能否生还;即使能够,也不知何日才能归来;而就算归来,若是战争持久、国破家亡,他俩还能重逢吗?他不忍让心爱的人耗尽青春苦苦等候着他,他说要给明珠"自由",却被她痛苦地误解要分手。这份苦心,要多少千言万语才能说得明白!所幸,他俩自小的相知和多年的相爱,给了他们对彼此足够的信心。明珠曾问介民:"大爱小我如何选择?"介民毫不犹豫地回答:"大爱第一!"这样的共识,是两人经历长久的时空阻隔而始终不变心的基础。

临行之前,介民写了一封奇特的长信,不是写给明珠的但寄

给了明珠——这封信是写给一个他们还不知道的人,一个在未来将要爱上明珠的男子。介民对"他"细数明珠的优点:温柔、坚强、聪明、勇敢;要他全心全意对她好、在工作上帮助她;要他对她宽容体谅,不让她伤心,因为如果她伤心了就会想念介民;他希望他们真心相爱,为抗战建国出力,为劳苦大众服务;他衷心祝福他们永远幸福……

写给一位真心、完全了解而决心爱我的表妹姚明珠的男子,很看重自己也敬重他人的青年。薛介民,海燕。April 17,1944,四川,成都,簇桥,空军十一大队。

《给一个陌生男子的信》手稿

××：

我现在完全不知道您的名字，但是我相信您已生活在这世上了，而且正在为人民和我们的祖国服务着，我希望您很康健喜乐。……

我告诉您，明珠是纯洁、坚志、健康、高大的女子，我从小没见她发脾气，或对不住别人，她是宁肯牺牲一切为别人，为祖国。她是温柔但坚强的性情，聪明好胜，总之，她会客观勇敢做人过活。……

望您们在相知相当日子后，到了双方真心相见，能够真心相爱了，快快结为夫妻吧，我不会伤心或苦痛，当我知道您们成婚的消息时，祝您们永远幸福，身心均健，家庭喜乐，为人群服务，为抗战建国出份力。

请不要为我的心情而难过，我已决心这样做比一切办法都好。我决心牺牲一切为了抗战，就是说为了不使下一代、这代同我同年纪的青年男女再像我这样受苦，但愿人类争取另一个、最进步的目标，完全世界大同，呀——那又该流多少血和泪，牺牲多少爱的泪！

我希望您们几项事：

（1）当您们提起我的名字时，更增加您们的爱，更努力工作。

（2）注重您们的身体，为劳苦大众去服务。

这真是一封罕见的"情书"。会写出这样一封信的男人，是真懂得"爱"的——小我的爱、大我的爱、无私的爱。这封信，明珠也好好地保存了。而那个收信的男人，永远没有出现。

　　明珠收藏了介民 1936—1944 年间写给她的三十多封信——除了 1940 年 5 月到 1942 年 6 月因故中断（这个"故"下一章会详述）。当然，总共绝不止这个数目，这些应该只是万金家书中幸存的一批吧。那些年他俩相隔千里无法见上一面，连年战火令国土沦亡百姓流离，两人各自的生命中都发生了命悬一线的事故，信中的连篇血泪与思念又怎能表达于万一！

　　这批信件其中多数有年代可考（虽然介民不大有注明年代的习惯），并且被明珠细心地编了号（1—32，但在 1936 年的第一号信之前有一封未编号的、介民用漂亮的毛笔字写的五页长的信，显然写于他俩 1935 年"定情"之后不久），但其中有两封或许遗失，也或许未编号，以及若干封既未编号也考证不出日期的零星信笺。还有另外一批未编号但日期很明确的，则是介民寄自印度和美国的海外书简（1944 年夏至 1946 年年初），也有三十封，其中有一封还是用英文写的。真难想象明珠把这些年的旧信一直保留着，从福建求学和工作的地点，到婚后随着介民去西安、南京，直到渡海去台湾，以及其后翻天覆地的家变……

　　这些信，皱褶、虫蛀甚至破损难免，却还是看得出七八十年前，它们是阅读之后如何被细心保存着。那个深情女子，如何注明收信日期（有的还加上回信日期）、编上号码，存放在她最珍视的箱匣里，走到天涯海角也不离不弃，直到生命的尽头还想方设法托付给她的孩子。经过七八十年的岁月，迁徙流离，搬家抄家毁家的天灾人祸，这些脆薄的、一撕即破的纸张竟然能存留下

介民给明珠的信

来，说得上是一桩奇迹。

至于明珠写给介民的信，数量应该不会更少，然而一封都没有留下，不能说介民不珍视——介民是个心思细腻、敏感而罗曼蒂克的男人，他写诗填词，善于用文字抒发感情，从青年到中年一贯如此。明珠的信没有留下，估计不是介民不留，而是九年戎马倥偬的军旅生活，不容许他在简易的行囊里携带着这些最珍贵的东西；有些日记信件可能交给仁民保存，后来手足永隔，当然再也无法取回。好在介民的信里也复述了许多明珠的话——他的信并非独白，而其实是身隔万里的心的对话。

他俩怎会想象得到，这些信件远渡重洋来到美国，七八十年后的今天，一个女子，他们从未见过面的儿媳，小心翼翼地摊开这些尘封的、字迹漫漶的纸张（他们自己的儿女因为不忍面对，而从未阅读过父母亲的话语），怀着复杂的心情——面对真相的欣喜与兴奋，面对一段时空遥远却又血肉相连的历史的沉重，面对两个从未交会但却在我的生命中占有无比重要一席的人的悲伤，以及一丝窥探别人私信的好奇和愧疚……我小心翼翼地抚平、粘补那些泛黄皱裂的信笺，从内容估计书写的年份和地点，依次排序，然后展读这些一笔一画写下的文字。

第三章　山　路

自从民国二十年（1931）日本关东军部队发动"九一八事变"侵占中国领土，直至 1945 年 8 月投降前夕，日军地面部队先后侵占中国二十一省、五院辖市、行政区和特别区各一，全中国城市近半沦陷；而沦陷区遭受奸杀掳掠，如人间地狱。1937 年"七七"全面抗战开始之后，眼见日军从江苏往安徽、浙江节节推进，福建人自会感到国破家亡的命运已是迫在眉睫。

日军对福建省的侵略，则是沿用 16 世纪倭寇的海上路线：1937 年 9 月，日本海军驱逐舰"羽风号""若竹号"侵入厦门海面，被海岸炮台击退。10 月，日本海军陆战队登陆金门岛，占领金门县城。次年 5 月，日本海军陆战队终于攻陷厦门。福建省府于 1938 年移驻闽西永安。1941 年 4 月，日军在连江、长乐、福清等县沿海登陆，占领各县城，22 日攻陷福州，当年 9 月撤出；1944 年 10 月，从连江上陆，再度占领福州。福建省辖六十二县中，有十五个县城与厦门市先后沦陷。

在福建家乡，医学院学生姚明珠，以不同于介民的投身军伍的另一种方式，做出同样是抗战救国的行动。

1934—1935年间，福建省许多地方流行鼠疫，导致大量的死亡；政府在做防疫工作的同时，也决定创办一所高等医学专科学校。民国二十六年（1937），福建省立医学专科学校正式成立，专科五年、本科六年；特聘生理学家、医学教育家侯宗濂博士担任校长。1937年暑期开始招收第一班学生四十名，9月20日开学。明珠就是其中一名。

学校初建之际设备不足，与福建省立医院合署，以便学生临床实习，并借用省立科学馆作为教室和宿舍。1938年，因福州战局紧张，恐怕即将沦陷，福建省政府内迁永安，福建医学院则由福州搬迁到内地沙县，更名为"福建省立医学院"，继续办学。校址设在沙县城内东岳庙和关帝庙。那时从福州到沙县一路要乘船坐车，中间还得在南平过夜，大约要一天半的时间才能到。（今天乘车只需两个半小时，高铁五十分钟。）

当时沙县的抗日气氛很浓，除了在校的学生，还有从延安来的抗日宣传队、西南联大的巡回宣传队，来演话剧、做宣传。暑假，明珠随同学校组织的"抗日战地工作（服务）队"（抗敌后援会），到闽南各县下乡从事抗日宣传工作，制作、张贴标语，发表演讲，表演话剧、歌咏等当时最受欢迎的爱国宣传活动。

明珠入学不久，就和李学骅、庄劲两位同学发起成立"学生自治会"，宗旨是"联络同学感情，促进会员'德智体美'四育的发展，服务社会，协助学校开展校务"。汪精卫投日后，"学生自治会"发布了义正词严的"讨汪通电"。福建医科大学校史馆

"福医"成立初期借用福建省立科学馆(福建医科大学提供)

迁到沙县的"福医"教室(福建医科大学提供)

66　白鸽木兰

保存并展示了"学生自治会"的会议记录和章程等原件。

与明珠同在1937年考进"福医"第一届的孙坤榕，后来成了仁民的妻子。孙是福州人，与明珠在"福医"同班，后来却转学到厦门大学化学系读到毕业；仁民则是从护校毕业做了三年护士之后，在1939年如愿考上"福医"（第四届），五年后毕业。1944年9月仁民与孙坤榕在仙游结婚。仁民、介民兄弟感情亲密，两人的未婚妻又是同学，本来约定两对同时结婚；然而介民身在行伍，几年来连明珠的面都见不到，还随时可能奉派出国，以致迟迟无法成家；连双生哥哥的婚礼也无法参加。

1938年，也就是介民离开家乡、进入成都"航校"的同一年，医学院二年级的学生姚明珠，在同学孙坤榕介绍下，参加了中国共产党外围组织"民先"，即"中华民族解放先锋队"。当时孙坤榕到闽南、莆仙一带进行抗日救亡宣传，回沙县不久就介绍明珠参加"民先"，同时参加的还有另外三位同班的男生：庄子长、庄劲、林建神。孙坤榕是之前由南平地下党组织陈介生介绍

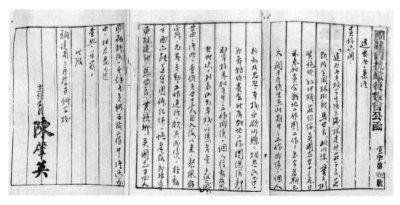

"福建省抗敌后援会"公函

加入的。孙离开福医去厦门后,由陈介生直接跟他们联系组织关系。"民先"后来转入了中共地下党。

明珠和队友们在莆田、仙游一带参加"抗日救亡宣传队",宣传工作做得很出色。但宣传队是属于国民党福建省党部的,党部怕这些进步的学生里有共产党学生,过几个月就把宣传队解散了。不过福建医学院保存着一封公函,是"福建省抗敌后援会"回复福建医学院的查询——"福医"致函询问十三名学生(其中有林建神、庄子长、庄劲、姚明珠、孙坤榕等)参加"抗敌后援会"活动的情况:"工作成绩、个人行动及思想"状况如何?后援会主任委员具名答复:"查该员等十三人自入队以来,餐风宿露,尚着辛勤,工作进行,颇具成绩,行动方面亦能遵守团体纪律,恪奉队部指导。"

 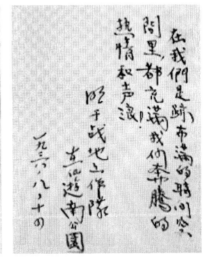

明珠于战地工作队时期的照片及背面题字(1938)

明珠在一张旧照片背后的题字，依稀重现了那个激情动人的年代："在我们足迹布满的时间空间里，都充满我们奔腾的热情和声浪！明于战地工作队　在仙游南公园　一九三八，八，十四。"

介民在给明珠的一封信里提到：有一次他对明珠说起莫泊桑（Guy de Maupassant）的小说《项链》（*La Parure*），以为她未曾读过，便将这个反映19世纪法国恶质的资本主义，造成不公与虚浮的社会现象的故事说给她听。没想到明珠告诉他：她不仅读过这篇小说，而且早在中学时就已经演出过改编的话剧了。可见明珠对学生的演出活动是有经验而且积极参与的。

不仅是抗日爱国活动，明珠在学校里对本科的学习活动也很积极活跃，1939年年底参与"生理学会"的成立，担任"福医"第一届生理学会会员、副常务干事；1940年2月出版了《生理学会期刊》创刊号。"福医"保存了生理学会成立时的纪念照片（日期是1939年11月28日），穿着朴实的布质长旗袍的姚明珠站在前排，高挑纤细，端庄秀丽。

虽然明珠给介民的信没有留下，但介民的日记里常会提到明珠来信的一些内容。比如在当时严重缺乏资源的学习条件下，医学院的学生是如何进行"大体解剖"的呢？我记得家族中一位医师长辈回忆：抗战年代作为医学院学生，他们到郊外的乱葬岗去，见到无主尸体就坐下来对照教科书学习，年纪轻加上旺盛的求知欲，竟也不感到害怕。而明珠告诉介民的，正是类似的经验："解剖学，开始去偷骨头开棺，明妹她胆大，代表女同学举行'开棺式'……"同时明珠也仍然积极从事抗日的剧运活动："十二月廿日　接明珠两信，11，19平信，她们于百

"福医"第一届生理学会会员与教授(前排中)合影。前排左四为姚明珠
(福建医科大学提供)

生理学会第一届会员名单
(福建省档案馆馆藏)

生理学会申请函（福建省档案馆馆藏）

生理学会第一届职员名录（福建医科大学提供）

第三章 山路

忙中仍努力于剧运,她担任主任,角色别人不敢做的她当了,'我现在已不认自己是位女子,无论什么事,只要有利抗战,我都愿意干!'"

明珠参加的"抗日救亡宣传队"虽然被解散,抗日救亡活动还是要进行的。满怀爱国热情的学生,正如写成于1935年的《义勇军进行曲》中所说:"中华民族到了最危险的时候,每个人被迫着发出最后的吼声!"然而当时无论是校方还是政府单位,对学生的爱国行动都不支持,甚至是怀疑、打压,让学生质疑国民政府抗日的诚意,进而将希望寄托于一股新的力量:共产党。

1940年春天,明珠经同学庄子长吸收,在沙县参加"青年抗日(救国图强)读书会"。初夏,福建省立医学院成立了第一

《闽医译林》创刊号(1941年2月20日),林建神、庄劲、庄子长都有译文发表

个共产党支部，孟琇焘担任中共福建医学院地下党支部书记。6月，姚明珠就加入了中国共产党，并成为福建医学院第一位女性党支部支委，担任妇女委员。八名支部成员中包括介民的哥哥薛仁民——姚明珠是仁民的入党介绍人。

明珠在 1940 年写给介民的慷慨激昂的新年祝词，道出了她当时的心情："我愿意在这里给你寄诗，歌颂你刚毅果决的精神！可惜我写不出美辞，只有把我的心整个献在你面前，在里面有颂赞的美歌！……当你高飞在空中时，希望你低首向社会的每角落细查，其中充满有宝贵的教训和勉励！记着，那时你应该把伟大的爱普遍地播散给大众！谨祝你在这伟大的年头，成就报国的技术！"

介民在给明珠的回信中回忆五年前的那个甜蜜的定情之夜，同时激励自己，盼望着一年之后可以开着最新式的战斗机升空，更盼望着两人将来"光荣伟大的相会"。他以此自我期许，却可能并不知道，明珠已经走上了更远的一步……

之后的两年，没有信件留存下来。因为，明珠和三名同学上武夷山，据说是要投身革命，却在到达目的地之前就被捕了，监禁了一年多，才回到"福医"继续学业。那一年多里究竟发生了什么事，却要等到许多年之后，才渐渐清晰。

孙坤榕收藏了一张明珠的照片，很小的 3 厘米 ×4.5 厘米的黑白半身照，明珠穿着朴素的旗袍，半侧着身望着远方；毫不引人注目的照片，背后的题词却非常不一般："坤榕：我宁愿跟真理做个小鬼，而不愿跟虚伪携手，做个安琪儿！明留言。1941.1.6。"

如此激越的小照题词，何以致之？看那日期，要很久之后才

 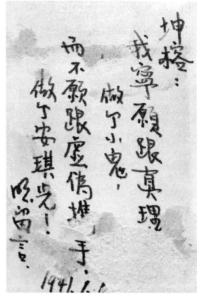

明珠照片及背面留言（1941年1月6日）

真相大白——那之后没有多少天，明珠便离家出走，奔赴武夷山了。而"明留言"——"留言"二字，正是向好友／同志／未来的妯娌，预告她将要追随真理离去！坤榕保存这张照片，直到六十年之后，才由她的儿子交给了明珠的儿子。

明珠借口去永安找弟弟，带了一只小提箱，与林建神、庄劲、庄子长会合之后出发，中途在建瓯小旅店过夜，然后乘车到崇安（今天的武夷山市）；一行人却在崇安县城门口遭国民党军队截获被捕，押送三元镇梅列训导营（国民党的"福建战时青年训导营"，梅列区今属福建三明市）。在梅列训导营感训一年之后，四人被迫登报"自新"，由校长出面作保，才被释放。其间曾遭残酷的刑求。

才二十出头的医学院学生姚明珠,会收拾一只小提箱,借口去八十公里外的永安探望弟弟,却义无反顾地去了二百多公里外的武夷山,据说是去投奔党的根据地。她可知道她是走上了一条不归路——学业、家人,还有介民,都在身后,可能很久都无法再见,直到她相信的那个光荣胜利的日子来到;但也可能永远、永远都无法再见?那是一条旁人看起来充满不可知的艰险山路,而明珠带着一只小提箱就去了。

那只小提箱里面装了些什么?要是在今天,一个二十来岁的女子出远门,去一处从未曾到过的荒山野岭,不知要去多久,也不知何时回来,她的随身行囊里会有多少东西,又会是些什么样的东西?可能两只大拖箱都远远不够吧?而她,就是一只小提箱,里面能容纳的寥寥无几。年轻的她,已经学会舍离身外之物,为着寻求世间更珍贵的东西。至于其他那些难舍的,像亲情、爱情、思念、记忆,都打包珍藏在她的心里面了吧。

明珠那段心路,我是许多年后在"福医"同学的回忆中,方才惊鸿一瞥般捕捉到几个片段。而被捕后审讯的过程,也是许多年后在早已作古的林建神的回忆中读到,却也没有细节资料。但是明珠的儿子有模糊的印象,好像是听到母亲的同乡长辈说起:当时对这名年轻的女学生,狱方还是动用了酷刑,包括灌辣椒水。

次年(1942)2月或3月,福医校长侯宗濂在费尽心力与官方斡旋之后,才得以保释明珠和同学出狱;出狱条件是登报"自新",并在"脱离中共宣言"上签名。这是威逼下别无选择的权宜之计,几名学生都没有再做无谓的反抗。之后他们便回到"福

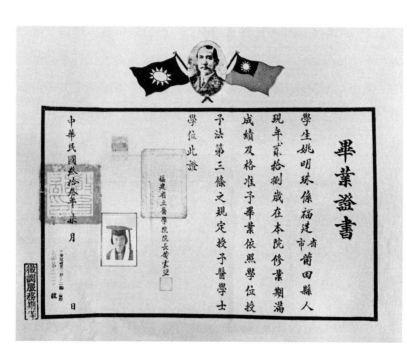

姚明珠的毕业证书和成绩单

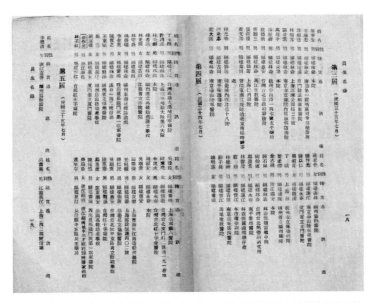

"福医"毕业生名单。明珠是第三届最后一名,她前面就是庄劲、林建神和庄子长

"福医"三四级毕业合影,后排右二为明珠

"福医"第四届毕业合影,前排右四为明珠

医"继续求学。

明珠从1937年秋天入学,中间1941年年初到1942年年初整整一年加一两个月关在牢狱里,身心剧创,但她还是立即回校复学,1944年与第三届一道毕业。明珠保存了一张"福医"的成绩单,上面显示五个学年加上"住院实习"的第六学年里,所有她修过的课程、学分和成绩。细看明珠的成绩单会发现:她的学科成绩都不错,平均分数多半在八十多分,但"操行"成绩从第二学年就退步到只有七十几分,甚至有连七十分都不到的。虽然如此,校方还是让一个坐过牢的共产党学生回校继续学业直到毕业,不能不归功于侯宗濂校长的开明进步。

介民给明珠的信,从1938年介民投考"航校"开始,一直到出国去印度、美国,都没有中断过。但明珠保留介民在国内写的三十几封和寄自国外的近三十封信,其中从1940年5月到1942年6月是空白的。虽然编号没有中断,但时间有一个大断层。何以中断?介民都在"航校",没有理由长时间不写信;当然是因为明珠无法收信。所以我特别注意中断之后的第一封信的内容。

这封被明珠特别用少见的红色笔标明日期(1942,6,19)、编号"十二"、寄自新津机场的信,估计应该很长,因为写在足有两页大的二十行公文纸上,却只有一张,而这一张信既无上款也无下款,很明显前后的信笺都遗失了;也有可能其中有些涉及敏感事件的话,明珠便没有留下。从这个日期推算,之前明珠给介民的信是出狱后回到学校、从学校寄出的,因提到"下月底可以在家中",可见不久即是暑假,可以回家了。

明珠这一年多出生入死的遭遇，介民知道多少？从这封信看来，介民是知道大略情况的，但非细节——到底，这样的事在当时怎敢写在信里，何况是寄到军校去的信？介民知道明珠这时身体很不好，需要打针吃药（一年多的牢狱生活，对一个女子会是多大的摧残！），可是付不起针药的费用，介民非常焦急，要她务必爱惜身体，先设法"垫钱"（其实就是借钱的意思）买针药，他会寄钱回家——介民知道明珠好强，不肯收他的钱，总要说上一番"都是自家人"这样的话来说服她。

介民质疑为什么他的信都要孙坤榕转："因你'病'后哥、坤来信都说信由他们转好。你们学校检查情信？以后都直接寄给你好不好？"介民在这里把"病"字特别用了引号，表示不是指身体的病，而是另有所指，那就是崇安事件和其后的牢狱一年了，可见他是知情的。但是否知道事情的严重和明珠承受的冲击呢？可能未必，因为他质疑为何情书要由仁民、坤榕转交，而不直接寄到学校给她？这就未免天真了，介民如果知道事情的严重性，就应该会明白明珠一定还在被严密监视之下的。

在那封信里，介民更关切的，似乎还是明珠对他的感情。他可能没有理解"崇安事件"带给明珠的冲击与锻炼——明珠经过这样一次有如从战场负伤归来的出生入死的经验，即使不是浴火重生脱胎换骨，也必有更高更远的怀抱了。从介民回应明珠的信中引用她的字句来看，她一定对介民明示或暗示他是"自由"的，她不想"勉强"他（其实就是拖累他）；但介民似乎并没有完全理解她幽微曲折的心思。而从介民一再表白的话语推测，明珠可能显出对两人婚事的犹豫，如"我不想勉强你"——当然是

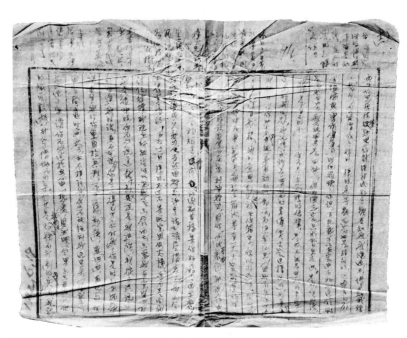

"中断"了两年两个月后,编号"十二"、介民写于1942年6月19日的信

因为怕"崇安事件"将来影响介民的前程；而介民完全没有这方面的顾虑，只是一再表白他的心迹、对她那份时空都无法销蚀的爱情。

明珠似乎是被感动说服了，因而在其后的信里，介民开始计划明珠将来毕业之后，来四川相聚的美丽愿景。然而，明珠后来还是告诉介民：她决定毕业后留在福建行医；而介民也即将去到更远的地方，去执行他作为军人的任务……

在那个大时代里，两个相爱的人暂时放下了相聚的愿景，绝非他们爱得不够，而正是因为他们的爱太大，大到超越了彼此。

第四章 天　涯

1941年12月日本偷袭珍珠港，之后，美国介入了太平洋地区的对日作战，同时与中国及在印缅地区的英国军队共同组成了中印缅战区作战指挥部，经由滇缅公路及中印间的驼峰[1]空运路线对中国部队提供补给；同时积极培养中国空军的战力。首先是把原以"自愿队"参加中国抗战的飞虎队扩编成为"第十四航空队"，负责整个中印缅战区的空中作战；接着，美国把新式的战斗机运往印度，再把中国空军战斗机飞行员送往印度基地，接受对新型战机的训练，完训后驾机返国，投入战场。与此同时，中国空军官校招收的新生，也都先送往印度接受初级训练，然后送往美国本土的各级训练学校，进行进一步的制式训练，完成后回国投入抗战。介民就是在这样的历史背景下奉派出国的。

1944年6月4日，介民随十一大队（队长吴声浦）出国，赴印度接收美国盟友飞机，路线是由成都—重庆—昆明—（飞越喜马拉雅山"驼峰"）—汀江—加尔各答—拉合尔—卡拉奇

介民（后排右一）在照片背后题字："一九四四，十二，印度，卡拉奇，'士校'第二期同学们。"

（Karachi，当时属于印度，1947年巴基斯坦独立之后，才成为巴基斯坦第一个首都）。介民当时已完成晋升军官考试，以少尉身份出国，在印度西北滨阿拉伯海、现在是巴基斯坦国土的境内受训两个月（有当年12月与士校第二期同学的合影）。在沙漠训练时，队上同学陈国祥失事牺牲，介民非常伤心（见介民给仁民的信）。

那年夏天，介民用"海燕"的笔名写了一首题为《卡拉溪，沙漠的雨》的诗，给分离了七个年头的明珠，随上一封充满思念之情的信：

> 像是盼望我七个春天的人儿，/ 忽然从祖国的天边奔来，黄沙漠的雨呀！/ 尽情地倾诉着，/ 卡拉溪也漾漾微波。//
> 您一滴泪珠，/ 抱住一颗沙！
> 今天，我枯干到发火的心，/ 才得了一点润湿。//
> 我俩七年的相思，/ 苦从哪里诉说起？
> 您就像这沙漠的雨，/ 永远不停地 / 滴在我的心上吧。
>
> 　　　　　　一九四四，七，十三，黄昏雨中，印度西部

9月，仁民和孙坤榕在家乡结婚了。而介民在遥远的印度考中尉官，次年8月可升任中尉三级。他以为很快就可以完成工作，离开酷热的沙漠回到祖国。他已替明珠和仁哥买好外科手套、注射针、温度计等轻便的医疗器材，带回去给行医的他们使用……

也是那年7月，明珠从福建省立医学院毕业，获得医学士学位。她是第一届入学，却因被捕和"感训"，成了第三届毕业生。8月1日起，由"中央卫生署"征调、福建省卫生处转派，明珠去了永安福建省立第二医院（因抗战而由福州迁至永安）担任助理住院医师。

当时同在永安医院工作的护士、后来成为介民同学朱铁华妻子的来华女士，在九十五岁高龄时应明珠子女的要求，口述《忆好友姚明珠女士》，由她的儿子朱勇先生整理出来：

> 我于1944年夏天从护士学校毕业，分配到永安省立医院（抗战中从省城迁来）工作，先后在该院住院部和门诊部

《卡拉溪，沙漠的雨》，介民手迹

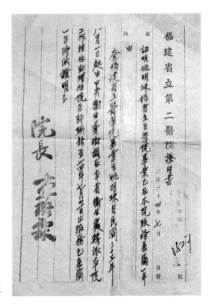

明珠在永安省立医院的证书

第四章 天涯

眼科任护士,共计工作约两年时间。在此期间有幸结识了该院妇产科医生姚明珠女士。

刚接触姚医生,我感到她作为当年的高级知识分子、医院里为数不多的女医生,给我的最初印象是有修养、很严谨,少言少语。后来随着交往的深入,特别是在当年我们都是单身女生,都住医院职工宿舍(医生住单间,护士三人住一间),平时经常聚在一起、散步、聊天,彼此相互信任,无话不谈,我逐渐感觉姚医生没有架子,平易近人。

我认为姚医生是一个品德高尚的人,我很钦佩她,有两件事至今仍有印象:

一是姚医生热心助人,同事们找她帮忙的事她总是全力以赴。记得当年我有一位中学女同学要赴南洋,临行前,身体不适,检查后怀疑她有身孕,她十分着急来找我,于是我带她去找姚医生确诊,姚医生非常负责任,让我们找了只母兔,将同学的分泌物注入兔子体内,然后解剖兔子经过检查,确诊该同学没有怀孕,成功地化解了难题。[2]

二是另有一个女孩,家境贫寒,不幸染上了梅毒,十分可怜,姚医生对弱势人群也十分关爱,对病人一视同仁,当得知女孩无钱买药时,姚医生想方设法,将平时治疗所剩药品收集保留,用在该女孩身上,治愈了她的病,体现了救死扶伤的人道主义精神。

在我的印象中,姚医生还是一个很严谨的人,当年我所在的眼科主任是个东北人,平时经常有三三两两的人不是来就诊,而是找主任神秘地交谈,于是我将此情况告诉了姚医

朱铁华夫人来华女士年轻时的照片（1940年）

明珠（前排中）与同事在永安合影（1944—1945年间）

第四章 天 涯

生,她说:"要当心!这可能是特务活动。"

记得大约是 1946 年初夏,姚医生将离开医院,随丈夫前往西安,临行时,我去码头相送并且上了船,第一次见到薛介民,送别之时,大家依依不舍啊!我告诉姚医生现在抗战胜利了,医院将迁回到福州,自己也被征调入上海一家医院工作,姚医生亲切地嘱咐我:"上海是个花花世界,千万小心,注意安全!"

姚医生去了西安,我也赴上海,相互仍有联系的,姚医生依旧对我十分关心,还热心介绍薛介民的同学、好友朱铁华,来到上海看望我,最终促成了我和朱铁华的美满婚姻。

【来华(口述)于 2018 年 4 月 18 日】

1945 年 1 月,美方因 P-40 战斗机老旧,决定将赴印度的中国空军送往美国本土,训练他们飞行新型的 P-51 战斗机。介民原本以为印度的任务顶多三个月,他就可以驾着新战机飞回成都,希望那时明珠也能在成都的医院找到工作,两人七年苦别的日子总算快到尽头……没想到在印度一待就是半年多,之后还被送去更远的地方——介民再也不曾想过此生会去的美国。

2 月 2 日,介民随十一大队(队长高品芳)由印度孟买乘美舰"布拉齐福将军号"(USS General R. M Blatchforid AP-153)赴美。(介民在印度洋上"挂起"军阶,8 月可升中尉三级。)经澳大利亚墨尔本、新西兰奥克兰、夏威夷,1945 年 2 月 28 日抵达美国圣地亚哥(San Diego)港,然后乘火车往东,三天后抵达得克萨斯州圣安东尼奥城(San Antonio, Texas)的 SACC 航空入伍生训练中心。十二周结训后即赴亚利桑那州土桑城北边的玛拉纳空军训练基地（Marana Field，Tucson，Arizona）接受语言及 AT-6 型飞机的基本训练，飞行七十余小时即告结业。两个月后赴亚利桑那州鹿克空军基地机场（Luke Field，Arizona）受训，同年 8 月 7 日开始接受高级飞行训练。

关于介民那段飞行的日子，竟然在七十年后还有一位硕果仅存的老人记得，并且生动地描述——

介民的老同学、老战友刘邦荣先生多年之后回忆：他们一道去印度接收飞机，乘船经墨尔本、威灵顿，过太平洋直到圣地亚哥，之后乘火车经过一个什么小城去到得州圣安东尼奥。训练时有美国教练对刘邦荣有种族歧视，硬说他不对，要遣送他回国；薛介民英文好，帮了他，那个美国人被调走，最后他们就到了亚利桑那州鹿克机场。他发现其实他们的飞行技术并不比美国人差。刘老回国后一直教导训练飞行人员。[3]

在国外将近两年的时间，介民有多封信寄给明珠，存留下来的就有三十封，其中还有一封用英文写的。在 1945 年 11 月的一封给明珠的信封上，介民计算八年（他们分离）和十年（两人定情）各有多少天，共有多少时、分、秒……最后出来的秒数是以亿计算的！

介民每十天，最多每两个星期，就会给明珠和家人写一封信，可是却长久收不到明珠的回信，这令他担心、忧虑；后来才知道，那时寄一封到美国的信要花费五六百元，明珠不是不写信，而是寄不起信！（当时一美元可兑换两千零二十元中国法币，到后来通货膨胀失控，法币成了废纸。）终于，1946 年 3 月 11

介民和他驾驶的新型 P-51 战斗机

介民(后排左四)和十一大队的同学们在鹿克基地

介民和 P-47 雷电式战斗机

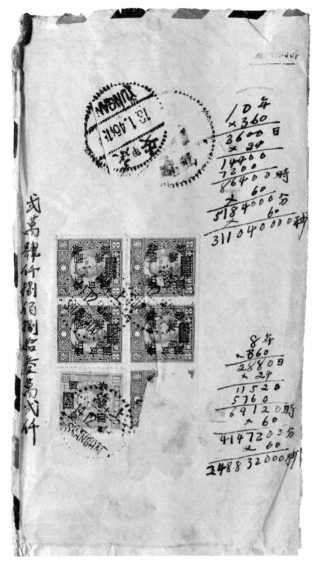

亿万秒计的离别和相思

日,他收到明珠一年多以来的第一封信。欣喜激动中,介民回首1944年以来的心情:

>……回首中原会战,1944年夏间,我们准备去汉中之前,要用"时代落伍者"去同敌人一拼,我是终于写那"绝"的留言,害您泪流多次。而后,没有消息,长沙会战,衡阳退守,我俩交通也因此中断,苦的日子中,我开始西飞,过喜马拉雅,到阿拉伯海滨,呀,热,八九个月,我简直像再也见不到、听不到你们似的,没有消息来,直到1945正月,在孟买才收到您4月间的信,我的心呀,是多次翻滚,磨折。来美后,您一定写信给我,但我只收到今天这封……

可能是觉得介民远赴异国深造、广见世面,明珠因而自我调侃身在家乡的自己是"乡下佬",介民正色对她说:

>珠,我见到"乡下佬"三字在您信上,请别太谦虚,乡下佬是农民,他们才是完全的人,自食其力,对国家对人类都有安慰。我们中国以农立国,乡下佬的问题不解决,中国多几个穿西装的人还是无用,只有害。美国虽机器进步如此,但农事还是首要,再说当兵八九年了,珠啊,我真想撕掉军装,换上草鞋,同您到西康、青海、新疆去开发。不要以为我到了美国就会怎样,我绝不回国装出什么"洋相",开口OK,闭口USA,人家好是人家的,中国有中国的生命。

介民在鹿克的日子（1945）

介民寄给母亲的照片（1945）

烽火战乱中漫长的分离,隔着时间和空间难以估量的距离,何况还有许多音信断阻的日子,对任何一种感情都是严酷的考验。从那些年的信笺中不难看出这两个恋人辛苦行过的艰难道路:无数的叮咛、盟约,对己、对彼的肯定与慰勉,却也有难免的疑惑和试探,甚至出于至爱而提出的"放手"(就是介民所谓"绝"的留言吧):"不知何年才能再见,我不能耽误你的青春,你应该找一个比我更好的人……"类似这样的话语,写的人无疑有着火灼般的痛苦,而这股火焰经过多少个日夜,到了千里之外接信人的手上依然没有熄灭,依然灼灼烧痛着她的心。介民在印度孟买接到明珠一封泪痕斑斑的信,才深深了解到自己的"无私的爱"是如何伤了她的心!于是他也听从了自己的真心,要求明珠"等我回来"。

在给仁民的一封六页长、写得密密麻麻的家书里,介民剖心剖肺地向孪生兄弟倾诉对母亲的思念、对明珠的深情;他说到这些年始终保持"清白"的单身,以至于朋友们笑他是"怪物""圣人",而他心中只有明珠。人们都看他相貌年轻,他也要自己保持年轻,因为"事业才开始,祖国需要我们青年人,我要到行不动、白发满头时才老,战后中国所需我们比现在多多,我们有世界上最良善勤劳的人民和土地"。

在一帧英挺的戎装照片背面,介民给双生哥哥的题词为:

遥寄给我的双生哥 仁民
您的介弟 自美国
一九四五,四,二十二

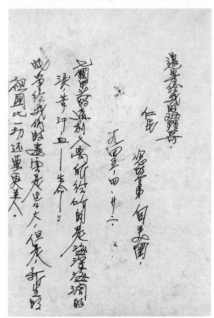

1945年4月22日，
介民给仁民的戎装照和背面题词

七个年头的远别久离所给仁介的是海深海阔的泪、苦、汗、血——生命！！

战争给我们的毒害是这么大，但是，新生的祖国比一切还要更美。

介民在美国订制了一对"孪生兄弟手链"，一只刻字"Doctor Twins"，带回国送给作为医生的仁民；另一只刻字"Pilot Twins"，留给作为飞行员的自己。仁民一直珍藏，直到七十年后，仁民的儿子薛力出示手链给介民的儿子，两只手链方才重逢。仁民的那只保存得非常好，介民的却有几处断损了。物是人非，几十年的劫难坎坷，物若有知，恐怕也会有恍如隔世之感吧！

在异国思乡寂寥的日子里，介民有空闲时除了写家信，就是翻译一些文章，寄给仁哥让他投到报章发表，嘱咐他所得的稿费要捐赠给家乡的难民。

1945年8月15日，日本宣告投降。这个期盼已久的日子终于来临。介民知道，距离他回到自己的国土、回到家乡、与明珠重聚的日子不远了。那份心情，或许与杜甫的"剑外忽传收蓟北，初闻涕泪满衣裳"相近，却似乎并没有"却看妻子愁何在？漫卷诗书喜欲狂"的狂喜之情，甚至为了未能回国参战"失去最后（与敌人）战斗的机会"而有些怅然（写在停战次日给明珠的信中）。在内心深处，他知道祖国受伤太深，"新生的祖国"还有一段漫长的疗伤之路要走，而战乱的阴影并没有全然消失。

介民于1945年8月16日写给明珠的信，是11月6日才托

照片题字:"一九四六,二,八,于美国,鹿克机场。(民卅五年正月初八日,仁介双生日纪念)"

兄弟手链:左 Pilot(飞行员),
　　　　　右 Doctor(医生)

人带回国再投邮的，到了福建永安时，信封上的邮戳日期已经是次年"13，1，46"了：

> 恳请 顺风 带交 中国（请速投邮）
> 福建 仙游 新生路 十四号
> 姚明珠 医生安启
> 薛介民敬托 十一，六，
> 美国路加机场
> 1st Lt. Sieh Kai min 1676, Chinese Det. Luke Field, Phoenix, Arizona, USA

（作者注：薛介民姓名的拼音显然是照他家乡方言的发音。"1676"是学员的编号，每一个中国飞行学员都有一个确定的编号。）

> 十一年心爱的明珠，
> 珠啊……战争毕竟是完了，我听到广播的消息，进军、国歌的声音，想起遥远的路程，悠长的岁月，我的心呀，充满着泪。当我第一次听到停战，我先想到死去和废残的战友们，第二我就想到您，见到您似的，这下，我俩该认真地见面了。我不知道您现在在哪里，我祷求您快乐，身体健好，工作顺利，进步。请替我问安各位师长、同学们。……
> 珠啊，八年光阴已过去，我们虽不是老了，但是年纪是不小、不小了，为了抗战，我们丢弃了青春、光阴、幸福，

我不敢想像（象）会见您时会是什么一种心情和表情，我的眼泪将如沙漠的暴雨。我俩八年前告别之夕没泪，但是，我见您时将如何痛苦而喜乐和安慰！我不敢想像（象），我今天才对您说"给我一点蜜吧"，我的心……

到此时，他俩终于可以开始筹划共同的未来了。明珠有自己的事业与理想，而介民军职在身，虽然多么盼望两人能尽快开始一同生活，却并不敢期待明珠会随他去内地——因为他尊重她的选择。

九月十六日 美国 亲爱的明妹，……战争停了，但是我俩是如此遥远地隔离着，我的心是比过去七年多任何时日更需要见您。……您是医生，技术在手，不怕无工作，农村急需您比都市更大，您明白自己的责任！珠，到了今日，我俩定情十一年后的今天，您没曾对我提起"结婚"两字，您对工作、事业的责任心比对您的爱人更大，我是了解您的，是对的。对于将来，我们当然切望中国有办法，走上光明之道，我们更要为着劳苦人民服务，我学医不成了，只望您努力，对于来内地，如何决定，当然，我是始终尊重您的自主，因为我永远重视您的人格与权利。……

在信里他也写："从停战日起，我的思乡病日甚一日……"他对明珠的思念更甚以往，他也惦念战后满目疮痍的祖国重建的艰难工程，更忧虑随即爆发的内战；但他欣慰明珠已经成为一名能治病

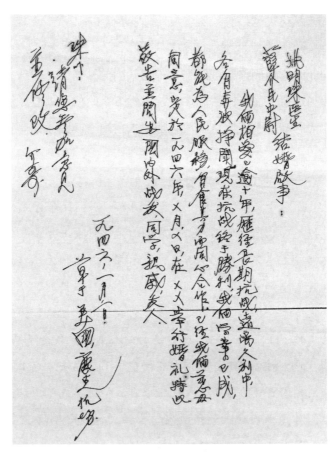

介民的"结婚启事"——最别致的求婚信

救人的医生,而自己也是一名祖国的"公务员"。然而他一再嘱咐弟弟佐民不可去当兵,虽然没有明说反对的理由,但不难推测:反日本侵略的抗战已经结束,现在去当兵只是参加内战杀自己人,他这个做兄长的当然激烈反对。(果然,若干年后,佐民因为他曾有的短暂"国军"身份,开始了终其一生坎坷艰辛的命运。)同时在他的内心深处,怎会没有焦虑苦痛——倘若内战爆发,身为空军,是不是终究也难免要奉命朝自己深爱的同胞投掷炸弹?

民国三十五年(1946),元旦,介民草拟与明珠的结婚启事,寄给明珠,征求她对内容的意见——等于向她正式求婚。

  姚明珠医生/薛介民中尉 结婚启事:我俩相爱逾十年,历经长期抗战,远离久别中,各自奔波挣扎。现在抗战终于胜利,我俩学业已成,都能为人民服务,自食其力而同心合作。已经我俩慈母同意,定于一九四六年×月×日,在××举行婚礼。特此敬告并问安国内外战友、同学、亲戚、友人。

漫长艰苦的抗战胜利了,祖国总算没有沦亡在异族铁蹄之下。两人期盼了八年多的"光荣伟大的相会"(介民"情书"里的豪言壮语)终于可以实现。明珠收到这封别致的求婚信,想必是再也没有丝毫迟疑和保留地答应了。

1946年4月,介民完成了在美国的"四大阶段"受训,从45G班结业。本来年初甚至更早就可以结业的,但由于大战结束,美国军人退伍得太快太多,飞行训练营的机械师突然短缺,严重影响到飞机和飞行员的实习进度。介民终于按照训练规定飞行了九十六小时,也完成了战斗机 P-51D 的飞行和夜航实习,制服上有了中美两国的"飞鹰"标志。他们一班由西雅图上船返国,回西安的十一大队服务。

介民回国前给明珠信中提到：在美受训毕业后,学校因为他的表现和英文程度,要他留下当教官,教以后来受训的中国学生。但他宁可放弃这难得的令人称羡的机会,要按照原先的计划回国结婚。祖国、家乡和明珠,这三位一体在他心中的分量,超过世间一切荣华珍宝——

　　三月二十二日,早上

　　亲爱的明妹：

　　……两周前,美国负责人找我去面谈,多说许多好处,征求我同意。他要我留在美国当教官,当以后中国学生的〈教官〉,因为我的英文比较方便些,珠,正如您想再上学的心志一样,我也得再学习,因为学无止境！也可教别人。不过,我想,来空军为打战,既然把青春送给抗战这么久了（第九年又开始了）,没死,有条命,我该归去您身边休息,因为我已不止一万次想起,我再不能没有您了,您也再不能延误,等待我了！！航空已是新时代的对象,征服自然已是人类必走的大路,我本非航空梦游人,但既已多年在天空,改途已不可能,只有再流汗,给老百姓以一些报答,像孝敬父母"养育之恩"。但是,我回答美方当局,我是个老兵了,不能不回家看一次,"As soon as possible"！他很同情我,

介民寄赠仁民的戎装照

因我婉言谢绝了。

在给哥哥仁民的长信里,介民深情地写出他对手足和故土的思念:"七年了!人生还有几个七年(我说这话绝非表示自己已老了)?我常常想到,死是一件最简直的事,荒芜了我的青春,比死更可怕,世界这么大,我所学所知的是沧海一粟。战争给我俩的毒害是这样深大,到今天我才看到。哥,我不愿听到我俩再见后又要分手,但是,事实上仁介必再分飞,我知道此行飞完回祖国,正是真真争取最后胜利的时日,我要回老家,也要飞到我所未到的北方,东北,我们最亲爱的土地、人民。我的汗当然在流,我的血也是一样有用,想到抗战八年,想到家人、师友、祖国的盼望(我是用民膏民脂养大翅膀的),我还是不顾一切,飞去争取最后胜利。"

同时他也感叹:中国起码落后于美国一百年!"我们该(跟美国)学的太多,教育、工业、心理、礼貌……"然而他还是毫无犹豫地"回家"了。从五光十色的富裕美国回到战后满目疮痍的残破的祖国,介民行囊中带给明珠的是医疗器材、医学书籍,唯一的"奢侈品"是一只有秒针的手表,因为医生看诊有此需要。(当然还有一枚心形婚戒——细心的介民不忘也替孪生哥哥买了同样的一枚,让他送给嫂子孙坤榕。)明珠说她不要胭脂口红,却异想天开地希望能有一个专治难产的"难产箱"!介民当然知道她在说笑,亲昵地唤她"傻子"。

在回国前给明珠的最后一封信里,介民想象未来成家后美好的画面:"回国后,我愿意当教官,您出门看病,我每天背着飞行衣，同您提手提包一齐走回家里去，开晚饭，听音乐……"有了归期，有了再见的期盼，这对苦命情侣的书信，总算不再是泪痕斑斑，而出现了轻快甜蜜的话语。然而那样朴素的小家庭温馨画面，在后来内战的烽火中，竟也是一份奢侈。

在那个没有电话、没有电邮、没有微信视频，只能依靠毫不可靠的邮寄信件沟通的年代，从1938年4月到1946年5月，八年零一个月之后，历尽苦难艰辛的抗战岁月之后，介民和明珠终于团圆了！

注释：

［1］驼峰：抗日战争期间，日军在1942年5月切断滇缅公路——这条战时中国最后一条陆上交通线，中美两国被迫在印度东北部的阿萨姆邦和中国云南昆明之间开辟了一条转运战略物资的空中通道，这条空中通道就叫"驼峰航线"，英文为"The Hump"。航线飞越被视为空中禁区的喜马拉雅山脉，因受山峰高度及当时螺旋桨飞机的性能限制，飞机只能紧贴山峰飞行，因而飞行轨迹高低起伏状似驼峰，故此得名。"驼峰航线"是世界航空史和军事史上最为艰险的一条运输线，因恶劣的地形和气候条件，又被称为"死亡航线"。这条航线经过的地区都是海拔四千五百到五千五百米左右的高峰，最高海拔在七千米以上。由于当年的飞机设施落后，机上没有加压装置，飞机在异常高空飞行，机员需要有极大的耐力。飞越驼峰对于盟军飞行人员而言是近乎自杀式的航程：航线跨越喜马拉雅山脉，穿行于缅甸北

部与中国西部之间的崇山峻岭之间，频繁遭遇强紊流、强风、结冰、设备老化等足以致命的状况。在驼峰死亡的人数总计超过一千五百人。驼峰航线开通后，即成为中国战场国际援助的"生命之路"，这一空中桥梁的空运行动一直持续到抗战结束，是"二战"中持续时间最长的大规模空中运输。

　　［2］这就是后来有名的"兔子测孕法"（rabbit test）。明珠早在20世纪40年代，刚从医学院毕业，在极有限的条件下，就知道用这个方法测孕。原理是将人的尿打进兔子身体，如果是孕妇的尿，其中胎盘分泌的激素"绒毛膜促性腺激素"就会刺激兔子排卵，以此来断定尿液的主人是否怀孕了。明珠的生物医学家儿子，在七十年后发现了一种胎盘激素"胎盘增醣素"，可以诊断妊娠糖尿病。明珠若是天上有知，想必非常欣慰。世间的事，有时要很久之后才理解冥冥中竟自有安排。

　　［3］2013年8月，介民的老同学、老战友刘邦荣，在成都见到故人的儿子和媳妇。九十三岁高龄的老人，激动之情可想而知。刘老由他儿子陪同，嗓门很大，话很多，生动地描述当年与介民一同在空中歼敌的情况：他的飞机暴露在敌机射程，薛介民的飞机过来掩护他，救了他一命。他说薛介民打下四架半飞机，他打下两架半。何以半架？他说有一架敌机是他与薛一起打中，后来查看记录，时间相同，所以定为一人打下半架。（打下如此多敌机的说法，因为没有空军的官方记录，所以存疑待查。）

第五章 渡 海

介民一抵达上海,不去西安报到,而是立即请假返闽成婚。明珠当时还在永安省立医院工作。介民、明珠在分离整整八年之后终于重聚了。1946年5月17日,他俩在福建仙游教会结婚。

唯一留存至今的结婚照片,是一帧将近五十人的大合影。站在正中的新娘穿着白色婚纱、手捧鲜花,新郎穿着英挺的戎装,手执一纸卷(大概是结婚证书)。参加婚礼的亲族中,我由推测而指认得出的,只有介民的母亲和明珠的母亲;除了两三位介民的弟妹,其余人都无法辨认了。本应参加婚礼的人却都不在家乡:仁民远在昆明;明珠的兄嫂去了台湾,弟弟勇年则已经不幸病逝了。

那年介民整三十岁,明珠二十九岁;不要说那个年代,就是放在现今,也可以算是大龄男女了。照片里的一对新人神情肃穆,与承平年代新郎新娘甜蜜欢欣的表情截然不同——今后的人生,还有走不完的崎岖道路;但就算再难再苦,也是两个志同道合的人一起并肩面对了。婚礼,是对彼此一生一世最庄严的承诺。

有情人终成眷属（1946年5月17日，福建仙游）

1946年11月，介民、明珠摄于西安

1946年6月初，新婚的介民被派赴西安十一大队任中尉参谋，明珠跟随同去；路线是从福州经南京转去西安。八年的分离与苦恋，此时新婚燕尔一同上路，虽说是公务赴任，照现在时髦的说法，或许勉强可以称作蜜月旅行吧——不过同行的还有仁民的妻子孙坤榕。当时仁民在昆明的空军医院行医，孙坤榕便与他俩结伴同赴南京候机去昆明。三人停留南京时，在空军医院见到福建医学院的老同学林建神。林建神当时已改名林城，与后来成为妻子的郑肖钊在一起。

这次的重聚，为他俩此后的人生写下最重要的一笔。

（我第一次看到林建神/林城这个名字，是在"起诉书"和"判决书"中。那已是事情过去四分之一个世纪，我才鼓起勇气去看这些冷硬残酷的"书"。然后又是将近四分之一个世纪之后，我才知道了关于林城更多的事。）

明珠随着介民到西安后，在教会广仁医院工作。在那里，他们与介民的航校驱逐飞行科同班同学毛履武常有交往。毛履武早在1938年考取"航校"之前，就已经加入了西安"民先"。1944年3月，毛履武和菲律宾华侨同学柯腾蛟比介民早三个月赴印度受训。"毛履武"这个名字，也将会一直与他俩紧密联结着。

1946年夏天，国共两党停战谈判中断，内战掀起。国民党军大举围攻中原解放区，第二次国共全面内战开始了。艰苦的对日抗战方歇，老百姓连喘口气休养生息、重建家园的机会都还没有，家园就又陷入了战火，而且"敌人"竟然是自己人。对于这些当年为了抵抗外侮而从戎的军人来说,他们面对的是一个远比当年严酷惨烈的难题:现在端起枪不再是射杀外来的侵略者,而是自己的同胞。这个仗还该不该打?怎么打?

这种挣扎苦恼,介民绝对不会没有,但他也绝对不会再将心情写在日记里。他留下的"飞行日记",只有出勤记录:任务、机种、飞行高度、时间,等等,没有别的心情和想法。幸好他是驱逐科,不像轰炸科的同袍需要出任务对解放区投掷炸弹;他驾驶战斗机,而中共当时还没有空战的配备。

7、8月间,介民奉派到南京接机,逗留约一个月,其间曾去空军医院找林城数次。在这些频密的会面中,他们的谈话内容没有留下任何记录,但可以想象:当时已经身为中共地下党人的林城,和身处撕裂祖国的内战中的热血军官薛介民,斯时斯地,会擦出怎样的火花?

秋天,介民在《中国的空军》杂志首先译刊关于飞行安全的警惕文章。他深知飞行安全的重要,目睹几个小时之前还在一起吃早餐的队友,由于这方面的失误而殉职,令他痛心万分。于是一有闲暇,就利用自己英文的特长,翻译介绍国外先进的有关飞行安全的理论和技术。

动荡的时局里,介民和明珠两个相爱的人能够厮守在一处,短短一年之前还只是个遥不可及的梦想,而今梦想成真,分外珍惜;再简单清淡的日子,对他俩来说也甜蜜无比。次年,明珠在西安生下一个女孩,可惜生下不久,小女娃就因病夭折了,他俩自是非常伤心。

也正是在1947年这一年,发生了"赵良璋事件",介民无可

介民1947年的飞行日记簿

避免被卷入了。

　　赵良璋与薛介民是航校同期的同学，而且都是驱逐飞行班的；两人朝夕相处、志趣相投；赵喜欢唱歌，而介民喜欢作诗，在十一大队时两人常合作写歌，由薛介民（笔名海燕）填词、赵良璋（笔名野雪）谱曲，投稿《中国的空军》；同时也在当时的《新音乐》月刊、《大众歌曲选》、《创作歌曲选》上，陆续发表了《我们越亲近了春天》《绿》《囚徒之歌》《我们的队伍在行进中》《假如我为了真理而牺牲》（这正是介民那部未完成的自传体小说的书名）等充满战斗激情的歌曲。[1]1944年他们一起去印度接机，赵良璋在卡拉奇训练期间与美国教官不和，被遣送回国，因此没有一同赴美；赵回国后改任参谋职位。

　　介民在自己的笔记和信件中多次提到这位好友的名字，但在早年曾感慨惋惜赵的生活不够振作，难以理解这样一个有理想、有激情的年轻人，怎会耽溺于打麻将和扑克牌？介民当时还不知道,赵良璋的"沉迷赌博",其实是他有意的障眼法和保护色——早在抗战胜利之前,赵就想离开国民党空军,希望通过中共重庆办事处投奔延安,但被说服留在空军里从事地下工作,发挥更大的作用。抗战胜利后,赵的职位是国民党空军第二军区司令部参谋,但同时也是中共地下党员;后来设法取得战斗情报科参谋的职位,为共产党搜集和提供关于国民党空军部队的重要情报。

1947年夏天,赵良璋从南京去北平,特别绕道路过西安见了介民,这便是他俩最后一次以正常身份见面,也极有可能是一次非常重要的会面——这时候,介民很可能已经知道了好友的真实身份,而赵良璋特意去见介民也极有可能负有特殊任务。赵良璋从北平回南京不久就出事了——1947年10月,北平破获中

赵良璋与妻子蒋平仲

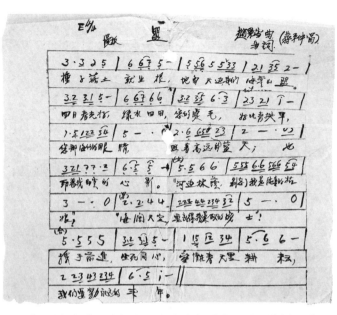

介民收藏的歌曲《盟》的手稿：赵野雪（赵良璋）作曲、"我"（薛介民）作词，蒋平仲（赵的妻子）唱

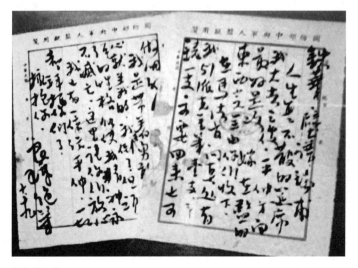

赵良璋绝笔

第五章　渡海

共地下组织秘密电台，情报人员名单内有赵良璋的名字。赵随即被捕，经过一年的严酷审讯，于次年10月19日就义于南京雨花台，死时年仅二十七岁。

这是中共情报史上一次严重的损失，也是国民党"军统"有史以来破获的著名大案。中共在北平的地下电台，被国民党情报部门使用美国先进的无线电测向设备，找到具体位置而侦破，致使西安、兰州、沈阳、承德等地的一些中共地下组织连遭破坏，好几位重要的潜伏情报人员都被逮捕，由蒋介石亲自下令处死。其中包括国民党第十一战区长官部少将处长谢士炎、代理作战科长朱建国、军法处少将副处长丁行、少校参谋石淳，以及空军司令部参谋赵良璋，是为"北平五烈士"。现在这五位烈士的灵位，就安放在南京雨花台烈士陵园。

因同案而被关押长达一年的同学有朱璧谱、朱铁华、冉瑞甫（赵良璋的绝笔信也是写给这三人的[2]）。朱铁华和冉瑞甫的名字出现在与赵良璋的同一名单中；冉瑞甫后来赴台湾任空军官校教官，据闻1949年在冈山曾再度被捕。介民因与赵良璋走得太近，虽然不在名单上但也受到牵连，由西安被押送南京接受审讯，还曾经在南京"空总"看守所跟赵良璋监禁在同一个房间里。经"空总"军法处审讯之后认为介民罪证不足，关押近一个月后开释，回西安十一大队复职；但还是洗脱不掉嫌疑，不久即又奉调南京训练部察看。介民当时的职务虽为上尉训练官，但被剥夺了飞行任务，从此无法再飞了。（介民的"飞行日记"开始于1946年5月29日，只记到1947年9月。）一名经过九年的严格训练和考验的优秀飞行官，就此折翼。

介民总计飞行九百余小时，跳伞、强迫降落三次，亦受过伤，奉颁"忠勤"，二等"复兴""胜利"勋章，"宣威""楷模"等奖章。1947年秋天的停飞惩处，让介民同时认清，他虽然无法飞行，但还可以做其他工作：他周边的飞行员同袍，有太多身陷"枪口对内"的挣扎痛苦之中，尤其是履行轰炸任务时，朝着自己同胞——田野上耕作的农民、村庄里玩耍的孩子扔炸弹，真是情何以堪！不少人就把炸弹扔到荒山沟谷，也有地勤人员悄悄破坏机上的轰炸系统，甚至找机会冒险起义，投奔到解放区去。自己虽然失去了翅膀，还是可以设法让更多双翅膀飞向新的明天。

介民和明珠搬到南京后，住在明故宫三条巷。林城当时在南京空军第四医院任军医，两家时相往来。1948年除夕，中央医

"忠勤"勋章

院、"闽医"同学五六人和林城在家餐聚。那是他们有生之年，与林城第一次也是最后一次一起吃的一餐年夜饭。

1948年1月18日下午2时，明珠在南京中央医院生下一个健康的男孩。介民属龙，儿子的小名便叫"小龙"。

4月，介民因胃病住院（南京空军医院）治疗，认识了化验员张绍桢，但并无交往。这个张绍桢，后来也成为他们患难中的一个巨大的伤口。

5月，明珠在林城介绍下，入南京光华门外空军医院工作，担任内科医官。7、8月间，介民举家搬到南京光华门外眷区宿舍，邻近林城家，彼此往来更为密切。

秋天，"航校"同学毛履武由台湾（十一大队派驻台湾接收美军P-47型战斗机）飞南京，来训练部找介民。后来，毛履武常常提及薛介民的名字，提及赵良璋、薛介民对他思想上的影响……

1948年12月16日，发生了震惊全国的"B-24轰炸机起义事件"，以国民党空军第八大队中尉飞行员俞渤为首的五名飞行员，驾驶B-24轰炸机从南京起义飞抵石家庄。俞渤毕业于空军官校二十三期，1945—1946年间也曾在美国接受训练。父亲俞星槎原为国民党陆军中将，在保定军校三期学习时曾与白崇禧同桌同寝室。这样出身的空军健儿竟然也是共产党地下党员，率领另外四名飞行员队友，驾驶一架B-24重型轰炸机飞到了解放区，成为宁沪地区首先起义的队伍（之前有从成都和北平驾机起义的）。其实俞渤和他的队友原先是准备将飞机上的五颗各重一千磅的炸弹分别投在南京机场和总统府的，却因投弹机械故障

薛介民(右)、朱铁华(左)合影于南京(1947)

毛履武(毛军贤提供)

（很有可能是地面人员的故意暗中破坏——并非未卜先知针对他们的行动，而是为了使例行的轰炸任务不能命中目标），结果炸弹落到长江边的燕子矶附近，总统府逃过一场大灾难。

在俞渤之后，更有不断相继发生的起义事件：从1946年到1949年，国民党飞行员驾机起义到解放区的共有二十一桩（其中一起是从台湾新竹起飞）；1949年10月之后到1989年，由台湾飞大陆的起义事件又有二十二桩。

1948年11月底，介民先随训练司令部搭机迁台，行李则由轮船托运。两周后，明珠带母亲和小龙搭机赴台。明珠兄嫂姚勇来、沈嫄璋早已在光复后即迁台参加新闻工作，进入《台湾新生报》，分别担任编辑和记者。

介民和明珠渡海东行，肩负着仅有他俩和林城知道的重大任务。然而任务的具体内容是什么，连后来的审讯资料也语焉不详。这份密档如果还存在世间，恐怕当待河清之日方能解密了。当飞机离地升空之际，他们应当是满怀信心，在不久之后的未来，将欢欣地重返这片土地。他们不曾想到：临行的一瞥，竟是与这片他们深爱的土地的诀别。

到台湾之后，介民任职空军参谋大学少校参谋官，单位在南部的冈山镇。明珠先是被派到台北空军医院，旋即请长假赴冈山与介民团聚；经由"福医"同学介绍，在参谋大学为军人和眷属设立的疗养所担任医生，负责妇婴健康。

才抵达台湾不久，就在那年12月，介民便去台南见了毛履武。

1949年1月，介民接到林城的明信片，说他在浙江"做土

七个月大的小龙和妈妈（1948年夏，南京）

产生意很顺利",要介民也努力。

1949年3月15日,一名"信使"出现了。一个身穿空军军官制服的人,自称名叫李梦,来到冈山找介民。那时大陆、台湾之间的交通还没有中断,李梦是带着林城的手书,刚从南京来到台湾的。

李梦（？—2016,又名李鼎成、李振兴）,毕业于空军官校十八期,与薛介民同一时期被送到美国作飞行训练,但并不相识。李在高级飞行训练时由于"拿大顶"（放飞落地时倒立）而被淘汰。回国后因为"思想左倾"遭关押,取保释放;之后曾去南京梅园新村中共办事处要求建立联系,由童小鹏（后为周恩来秘书）等人接待,被劝告继续留在国民党空军内部。1946年他在南京空军第四医院任总务科主任时认识了林城,加入了共产党组织。他亲身参与了俞渤等B-24轰炸机起义的组织与策划工作,对其他数架飞机的起义过程也都很了解。

李梦当时的身份是"空军医院事务员",他去台湾之前并不认识薛、姚夫妇,更从未谋面,只是凭着林城"福医"的老关系,奉上级指示去的。李梦到冈山空军训练司令部找到介民,出示林城的亲笔信,然后跟着介民回家,见到明珠和小龙。那天见面的具体内容,半个多世纪之后,才由李梦亲口道出。

约一个月后,李梦来信约见面（据李梦的说法则是姚明珠约他见面）。明珠以去台北探望与哥哥同住的母亲为由,约了李梦在台北新公园水池边见面。那次见面的详情,也是根据多年后李梦的亲口叙述。这次会面,成了明珠后来在审判席上所遭受的最致命的一击。

李梦离开之后不久，介民曾去见过蔡汝鑫（见第二章，1940年秋天的"殴打教官"事件，他是案首），那时蔡汝鑫在台北中国国货公司服务。蔡汝鑫谈到他从"士校"禁闭室逃出的经过，及其后的经历和生活状况，也问起毛履武、陈绍凯、李和玉等人的情形。两人谈到赵良璋的牺牲和两年前发生的"二二八事件"。介民问蔡汝鑫住在彰化什么地方，说："将来我如果发生什么事，可否到你家乡躲一躲？"蔡回说"没有问题"，但并未追问介民何以有此"后路"的考量，介民也没有解释。[3]

也是不久之后，同年春天，介民赴屏东空军十一大队再见毛履武。同时，介民奉调台南供应部。

1949年4月23日，中共渡江战役取得胜利，南京解放。5月27日，上海解放。8月17日，福州解放。

1949年夏，毛履武即将出差陕西汉中驻防，出发前来与介民告别，称"即可行动"。介民懂得他的意思。果然，不久传来消息：6月15日，毛履武被大队派遣驾驶P-47型战斗机，从汉中南郑机场起飞，执行侦察西安的任务；他先飞西安，再从西安飞往解放区河南安阳机场，平安降落，起义成功。国民党的说法是他不小心"误降机场"。（毛履武后来多次重申：他是受到同班同学、好友薛介民的策动，鼓励他寻找机会驾机起义的。我却是在六十年之后，偶然在网上一篇怀念毛履武的文章里才读到这番话，后来找到更多不同来源的资料，全都证实了这个说法。）

那年秋天，介民乘公差之便，先去桃园见同班同学李和玉——毛履武走之前，叮嘱介民去策动李和玉投诚（李和玉被捕审讯时检举薛介民"煽动他投匪"）。然后去新竹见陈绍凯，交上李梦带来的林城的亲笔信。

也是那段时间，介民奉调屏东三大队队部，虽号称可恢复飞行，然而不久即调为作战参谋。

1949年10月1日，中华人民共和国宣告成立。大典那天，毛履武奉命驾驶P-51型战斗机通过天安门上空接受检阅。由于顾虑到开国大典时敌机偷袭的可能，一份令人震惊的"带弹受阅飞行"方案被制订出来：十七架受阅机群从天空飞过时，其中四架挂着实弹，这是世界阅兵史上前所未有的——这四架飞机在接受检阅的同时，还肩负着保卫天安门上空安全的警戒任务，一旦发现敌情，将可随时迎敌。身在天安门城楼阅兵的最高领导人批准了这一方案，表现出了对这批空军健儿最高度的信任（见《开国大典：飞越天安门的雄鹰》一文）。

1949年秋冬之交，介民两度接到署名陌生而笔迹不是林城的香港来信，要介民赴港，说林城在香港。介民军职在身无法赴港，故未行动。

介民被调派台南供应部半年，旋即调屏东三大队作战课；除担任参谋作业外，亦参加飞行训练业务。从1949年12月到1950年6月，他又有一本短暂的"飞行日记"。

1950年，全家定居屏东东港大鹏湾空军基地成功路篮球场眷舍，地址是屏东县东港镇共和里共和新村R-58之8号，一栋相连平房住有十一家。（"共和新村"原是日本人将屏东东港大鹏湾内的淤砂抽出填地，兴建的东港海军航空队的军官宿舍社区。

小龙和小凤（1950年夏，台湾屏东）

光复后成为空军眷村"共和新村",迄今仍为台湾仅存的少数完整保存的眷村。)明珠在东港妇婴医院工作。1950年1月17日,夜,长女小凤出生。

1950年春天,介民再度到新竹见八大队飞行员陈绍凯。(以上这些,都是在审讯记录中出现的。)

国民党政府早在1948年第一届国民代表大会中,就强行推出了《动员戡乱时期临时条款》;1949年5月1日实施台湾全岛户口总调查,同月20日发布军事戒严令。其后有关的法令陆续出笼:《国家总动员法》《"惩治叛乱"条例》《"动员戡乱时期匪谍肃清"条例》《台湾地区戒严时期出版物制办法》《非常时期人民团体法》,等等,逐渐完成了极其严密的控制体系。1950年6月25日,朝鲜战争爆发,美国的对华政策立即发生大转变。美国总统杜鲁门下令将台湾海峡"中立化",命令第七舰队从夏天开始巡弋台湾海峡,封锁中国东南沿海港口。次年,美国恢复对国民党当局的军援及协助防守台湾,6月起派军事顾问团来台,不久连隶属中央情报局的机构也在台成立了。美国的支持不仅让国民党当局转危为安,更因加入世界"反共"体系而从此有了靠山,于是不再有所顾忌,放手发动筹备已久的岛内肃清活动——台湾50年代的"白色恐怖"于焉开始。

朝鲜战争引发的风云骤变,出乎所有人的意料。祖国,忽然之间遥远了。唯一联系的那条线——林城,不再有消息。这样的形势,让介民和明珠无从预测,还要多久才会再出现"信使"?

薛仁民（左）与朱璧谱合影（1954年8月）

他们只能耐心等候。

而在海峡的另一边，孪生哥哥仁民，以军医身份参加了抗美援朝；回国路上遇见介民的同学好友、赵良璋的同案朱璧谱，两人到照相馆留下一张珍贵的合影，希望有朝一日介民能够看到。（介民终究没能看到。但许多年后，仁民的儿子将照片给了介民的儿子；又过了若干年，朱璧谱的儿子也将这张照片的图档传给了介民的儿子。）

从1950年到1955年，从表面上看来，是薛、姚一家相对来说比较安稳的日子。他们的儿子那时虽小，却模糊记得一些愉快的时光片段：家住海边，一家人晚饭后去散步，父亲带着他游泳，不远处有一道防波堤……

反而是当年一位邻居的女孩李琪记忆清晰：除了"薛伯伯"去菲律宾出差，给孩子带回一辆"菲利普"三轮小脚踏

介民(中)去菲律宾出差,喜遇柯腾蛟(右一)

车,小朋友们皆艳羡不已,还有过圣诞节时,"姚妈妈"以糖果和小塑胶圣诞老人做小礼物送给邻家小朋友,都给小女孩留下非常深刻的印象。还说"薛伯伯""姚妈妈"人虽亲切,教育子女却是很严格的。她还提到东港海边有海滩可游泳,有一次"薛伯伯"和她父亲一道带小孩游泳,她父亲不慎溺水,善泳的"薛伯伯"立即带了救生圈入海把她父亲救起来,拉上沙滩,等恢复神志后一道回家。所以"薛伯伯"是她父亲的救命恩人。

1951年,空军总部创办《飞安季刊》,创刊号内容一半均出自介民的手笔。

柯腾蛟送给介民孩子们的小三轮车

全家出游（1952）

介民驾 PT-17 型教练机在台北上空时因机件临时故障，发动机滑油漏尽，乃沉着应变，在飞机着火之前，安全拯救人机，迫降松山机场，获记功一次。

8月16日，陈绍凯驾 B-24 型轰炸机在嘉义撞山失事死亡，年仅二十八岁。相信在他殉职之前伺机起义的意向已坚，可惜出师未捷身先死。

1952年2月29日，夜，次女小凰在屏东空军医院出生。

同年冬天，介民考取空军参谋学校十二期正科班。次年2月，介民离队入学，11月毕业，前后完成十三至十五期，及高级班一期、中队班四至十期课程。因成绩优异，留校任教官。

1955年春，空军总部来调查1940年发生的"蔡汝鑫事件"，介民被迫写自白书，交代这桩多年前的所谓"殴打教官事件"，可见此事一直存在他的档案记录中。

1955年9月，国民党政府命令台湾民众向保安司令部办理"前在大陆被迫附匪分子自新登记"。在白色恐怖的年代，"自新登记"摆明了是自投罗网，平白给自己冠上罪证。但由于"保密防谍"的工作做得周密，加上捕风捉影还有奖赏的构陷告密，早年在大陆即使是参与最微不足道的爱国行动，也可能被定性为"附匪"；如不自首，一旦被发现或遭人举报，就有可能被认为有意隐瞒，罪加一等，后果更加不堪设想。明珠知道，崇安被捕感训之事绝对是历历在案无从隐瞒的，于是通过邮信办理了"自新登记"，坦白供认学生年代参加"组织"、在崇安被捕、感训一年被释放的经过。除此之外，没有透露任何其他行为。（但后来国防部军法局公文称此举动"并非办理自首"，因为这桩案子是已经登记有案的,而他们要的是后来未被发现截获的"罪证",所以不算诚心自首,罪加一等。)

秋,明珠由"福医"同学介绍,在基隆市立医院任妇产科医生,全家搬去基隆。同年冬,介民被调往台北空军总司令部督查室安全教育组,任中校飞行安全官;每天乘火车在台北基隆之间往返通勤,全家人都要等介民下班回到家才一起坐下来吃晚饭。介民每天通勤辛苦,导致胃病发作吐血;后来决定举家迁台北,才免掉了介民奔波之苦。明珠改在"台北军眷诊所"任医师,有时在台北长春路"福医"同学张元凯的康德医院(内科、儿科)兼看门诊,负责妇产科。

介民在"空总"任飞安官时,一人主办编辑《飞行安全月

1952年8月,小凰半岁,全家摄于屏东东港

刊》（1955年11月—1958年10月）共三年三十六期，每期十余万言，并利用公余时间，编著关于飞行安全理论及专辑，出版单行本十余种。[4]

一份旧日的户籍誊本记录了：1955年11月24日，薛家三个子女的名字，从小龙、小凤、小凰，改为人望、人星、人华。多年后，见不到孩子面的父亲，在狱中写下了"望、星、华"三字的意义和对子女的期望。

注释：

[1]《盟》歌曲介民的手迹。词：种子落土就生根，地角天边，我们海誓山盟。四月春光好，绿水田田。您的睫毛，好比青秧早。您那海似的眼睛，照着高远的蓝天；也印着我白云的心影。"河边林荫，别忘了我是纯真的姑娘！""海阔天空，要记得我是正义的战士！"携手前进，生死同心，爱情在春天里耕耘，我们要努力永远的来年。

[2]赵良璋给三位好友的绝笔信：

> 铁华、璧谱、瑞甫：人生无不散的筵席，我大去之后，平仲方面最好是改嫁，在监的东西完全由你们收下。在马法官向真处有我51派克金笔壹（一）支、手表一支，可要回来，也可作个纪念吧。我是带着勇敢和信心就义。我虽倒了，但顽强的性格仍使我精神永不灭亡。这里请你们放心。我也有一信给平仲，一切都拜托你们了。拥抱你

良璋绝笔 十,十九

[3] 蔡汝鑫（见第二章，1940年秋航校"殴打教官事件"），1913年生，台湾彰化县人。多年后才在网上查到他的资料，原来他是老地下党员，早在1953年就被国民党判死刑枪决了。台湾"战后政治案件及受难者资料库"可以查到如下的原始档案资料：

> 蔡汝鑫系中国国货公司职员，于三十二年在福州与陈建东（"二二八事变"时被击毙）同事，由其介绍"共匪"张秋山相识，至三十五年3月间，在台湾由张秋山介绍蔡汝鑫之同学林良材（在逃）见面，斯时蔡知林良材系旧台共，曾被日政府拘禁至光复才释放等情。

档案表：

编号	姓名	性别	出生日期	籍贯	年龄	职业	判决
51455130	蔡汝鑫	男	1913/10/17	台湾，彰化县	四十	中国国货公司职员	死刑，褫夺公权终身；有期徒刑三年；执行死刑，褫夺公权终身，全部财产除酌留其家属必需生活费外没收。

2018年，民进党促转会平反"台籍共党人蔡汝鑫"，标题为《延安抗日大学、台籍中共党员蔡汝鑫》，有了更详尽的内容：

> 蔡汝鑫（1913—1953），台湾彰化人，抗战时期前往大陆发展。空军军士学校肄业后，转赴延安抗日大学学习。其后，蔡汝鑫以中共地下党员身份在国民党中做事。

抗战胜利后蔡汝鑫返回台湾，在"基隆要塞司令部"担任顾问。回台以后，蔡汝鑫与中共党员张志忠等人取得联系，并通过张志忠接触谢雪红，还派弟弟蔡懋棠（地下党）暗中协助谢雪红。

1947年"二二八事件"期间，蔡汝鑫利用职务之便从基隆要塞偷运武器支持民军。蔡汝鑫的弟弟蔡懋棠也利用他"海军技术员兵大队上尉军官"的身份，协助谢雪红从左营搭国军"光明炮舰"逃往厦门。（蔡懋棠因为协助谢雪红逃亡，遭判刑十二年。）

1951年11月，蔡孝乾及自首分子魏朝福向"国防部保密局"供出成立"北峰区工委会"，"保密局"循供提讯叶敏新（台北人，中央军校十四期毕业，1940年在大陆参加台湾义勇队。1949年5月间，经蔡尧山介绍加入共产党，受魏朝福领导），并扩大办案，逮捕蔡汝鑫等三十一人。1953年5月30日判决，其中叶敏新、蔡汝鑫、孟优年、米荫庭（中央军校十六期毕业）等四人判死刑枪决。

［4］介民编著关于飞行安全理论及专辑，出版单行本书名：
（1）《T-33喷射教练机失事分析专辑》（1945、1946年度各一种）
（2）《飞机紧急迫降失事研究》
（3）《喷射机（战斗）在机场外之迫降失事分析》
（4）《四千九百次飞行员错误失事评论》
（5）《F-84喷射机失事研究》（1945、1946年度各一种）

（6）《F-86喷射机失事分析》（1946年度）

（7）《飞行员人为因素之失事研究》

（8）《气象因素之飞行失事专辑》

（9）《喷射机空中熄火失事研究》

（10）《近似失事及意外事件之分析》（1946年度）

（11）《空中碰撞失事研究》

（12）《喷射机飞行员弹射跳伞之研究》

第六章　不速之客

1956年春天，介民突然接到一封来自新加坡的航空信，寄信人是明珠二姑的儿子，表弟黄重仁。怪异的是，信封上收信人的地址竟然是"台湾空军部薛介民收"。只能说台湾的邮政很有效率，信件送到了台北空军总部，由"空总"的传达室交到了介民手中。

黄姓表弟在信中报告福建家中，尤其是介民母亲的近况，口气显然是仁民的；虽然所说有限，但这是介民自从50年代初期台海两岸封锁之后，第一次得知家乡老母亲的消息，当然非常激动。但他也不是没有戒心的，便由八岁的儿子小龙执笔，以航空邮简写了一封回信给祖母，托黄姓表弟转寄，同时告之以后来信请寄明珠工作所在的基隆市立医院。

两个月之后，黄姓表弟又来信了，这次附来老母亲给孙子的信，谈家事、谈自己的情况。有了母亲的亲笔信，介民便也提笔回信了。

黄姓表弟第三次转来家信时薛家还住在基隆，这封信里黄姓表弟只谈自己新加坡家里的琐事。秋天,来了不寻常的第四封信。这封信里只有仁民的亲笔信,除了述说家中大小情形外,竟有"肖钊"两字出现,而且是"肖钊夫妇"!不消说,"肖钊"就是林城的妻子郑肖钊,寄信人必是觉得林城的名字太敏感,用"肖钊"就不会引起注意。信里用仁民的口气说:"肖钊夫妇问安你们,请把你们详细地址告诉,有机会他们会叫朋友去看你们的小孩。"

介民、明珠不知道的是:林城已于1951年12月由香港调回上海,1954年到1959年他在苏联进修,所以这年(1956)"肖钊夫妇"根本不可能跟仁民来往。可见命令仁民写信的另有单位,然而这点介民、明珠当然无从知晓。

1957年5月,在"福医"同学张元凯的帮助下,薛家搬进张医师的"康德诊所"对面巷子一间简陋的租屋(长春路120巷2弄10号)。在基隆、台北之间奔波的人从介民换成了明珠——明珠仍在基隆市立医院看门诊,下午赶回台北在军眷第二诊所兼职半天;直到9月间才辞去基隆的职务,改成每天上午在台北市西边的三重镇华南织布厂医务室担任主任半天,下午仍在军眷诊所兼职。以当时台北的公共交通条件,明珠上下午分别在当时算是市郊的三重镇和市内兼职,其辛苦可想而知。除此之外,她有时还在"康德诊所"兼任妇科和产科医生,因为张元凯医师只看内科和儿科。

(若干年后,她长成为少年的儿子回到"康德诊所",还依稀记得诊所后进的一个小间,正是小时候妈妈照顾病人的地方。其后他便在那里住下——这是后话了。)

介民还是偶有文章投稿。《中央日报军事周刊》刊登了一篇介民关于米格-15型飞机的文章。

1957年夏，黄姓表弟又转来一封仁民的信，内容谈些家事。介民回信嘱黄将信寄"康德医院"吴珍玉（张元凯医师的夫人、明珠二姑的好友）转交，理由是：他们家白天没人，而信件寄到医院总会有人收，不易遗失；再者，吴女士小时候跟"二姑"亦即黄表弟的母亲是好友，代为转信当然不成问题。

同年秋天，薛仁民果然通过黄表弟转信，寄"康德医院"吴珍玉转交一封"家书"给介民，内容令人警觉；因为这次不仅"肖钊夫妇"又出现了，而且口气郑重："肖钊夫妇好久不见，你们忘了吗，他们要介绍朋友来看你们，希望你们好好接待。"

"你们忘了吗？""希望你们好好接待"，这样生分而且带有命令的口气，并不像是出自林城。但笔迹是仁哥的，而"肖钊"等于是林城的代号，介民必须给出肯定的回复。

结果这位"朋友"直到一年之后才出现。此人一出现，一扇地狱之门即自那一刻开启。

1958年，是介民和明珠生命的翻转之年。4月，姚明珠医师的"育德诊所"开业了，地址是台北市信义路4段208号；诊所以妇科、产科为主，兼及儿科。当年明珠高中毕业后第一份工作，就是福建涵江育德小学教员。以"育德"两字为诊所命名，既纪念了她家乡的小学，也含有"生育"之意。两层的小楼，楼下看诊，楼上住家，明珠从此可以不必在工作和家庭之间奔波了。开业资金来源是向"合作金库"贷款（张元凯作保），以及同学好友筹借资助,并起了两个集资的"会",每月付款两千,债务三万。"航校"在台北的同学们合资赠送候诊座椅两排,以作祝贺。

从决定就读医学院开始,明珠就怀抱着做一名治病救人的医生的志业。国家民族固然是她献身理想的最高点,但落实到眼前身边的还是"人",尤其是千百年来最受压迫的妇女同胞,所以她的专业志趣一直是妇产科、儿科——她的关注重点就是妇孺和新生命的健康。这些年来明珠随着介民的工作地点迁徙,辗转于各个医院、诊所、单位的医疗室之间,甚至上午和下午赶到不同地方、不同的看诊处所,不仅身心饱受奔波之苦,对于一个尽责敬业的医生,没有固定诊所也是一种专业上的困扰。在一个属于自己的诊所行医是她的一大心愿。这年的春天,愿望终于实现了。虽然背负了债务,但明珠并不担心:在女医生还不多见的年代,凭她的医术,只要全心尽力投入,"育德"一定会广为人知的。诊所雇用一名护士,介民在下班之后和周末也会帮忙,诊所业务很快就上了轨道。

当时刚满十岁的小龙,对新家的里里外外至今还有一些清晰的记忆:楼下诊所的格局,候诊室、看诊间、药局、楼梯的位置,楼上的房间……最特别的是房子后方不远处有一片晒谷场——当时信义路4段三张犁一带还有大片的稻田,稻子收成后在晒谷场上捆扎成堆;这时就有歌仔戏班来搭台唱戏。他看着那灯火灿丽的野台戏,听着喧闹的鼓点,却更着迷于后台那些卸了妆或正准备粉墨登场的真实人生,心中泛起难以叙说的感受,便开始试着用文字写下来……这个男孩其后的人生,始终与文字很

第六章 不速之客

亲。这又是后话了。

保存至今有三张在新家，也是新开的诊所前拍摄的照片，一张是一家五口，一张是三个孩子，一张是六岁的小凰攀爬到诊所窗户上。孩子们脸上那样欢快灿烂的笑容，从前没有见过，后来更是再也没有了。从1958年4月到9月，从春天到秋天，快乐时光只有短暂的五个月。

当时的历史背景是1958年8月，发生了金门炮战，亦称"八二三炮战""第二次台海危机"；解放军发动猛烈的炮火攻击金门、马祖，国民党军随后亦反击，紧张形势持续两个多月后才逐渐减缓，双方维持"单（日）打双（日）不打"的局面，直到1979年。那段时日，当局的危机感和岛内的肃杀气氛可以想象。

介民可能感到通过台湾邮政由黄姓表弟转信的不妥，正好一位十二特班的同学（已故）有个侨生亲戚，可以托正要回乡的友人亲自带信去新加坡，再转寄给仁民。可惜，他的警觉来得太迟了。

1958年9月8日，仁民写了一封信托黄表弟转给介民，说："肖钊夫妇近况如恒，前数日他们来我这里玩，并说最近会托亲戚去看您们的孩子，我想您们一定很高兴接待。"但这封信因黄表弟事忙忘了转寄，仁民收不到回音，便于11月19日再写一信给黄提醒，黄才于次年（1959）1月2日将此信转出，寄去信义路家中。

而这时，"家"已人去楼空一片狼藉。介民、明珠已经"离家"三个多月，三个孩子也已流落他处了。

三个孩子在"育德"门前合影,童年最后的灿烂笑容

小凰在"育德"门前

1958年春,一家五口在"育德诊所"前的合影,也是全家最后一张合影

第六章 不速之客

事情要从两年多前说起。1956年2月，原任职于重庆中央信托局的张为鼎（化名张大仁、张伟），被组织派赴香港，用半年时间学会通信技术之后送来台湾，任职裕隆汽车公司（当时还叫"裕隆机器制造公司"）。10月，张为鼎的妻子罗秀云也从香港来台。张、罗夫妇，是由香港某"联络处"负责人彭高扬授予任务，命他们来台北找一名国民党空军人员寇新亚。寇新亚是河南洛阳人，空军载微波通信大队中校副大队长，1949年在南京服务于空军运输大队，当时便与彭高扬有过交往，因为彭高扬是寇新亚妻子彭文斌的叔父。寇新亚还有一个儿子留在大陆。彭高扬既是寇氏夫妇的亲族长辈，托张、罗夫妇到台湾时探望寇氏夫妇，看起来理所当然，不会启人疑窦。彭交予张、罗夫妇来台的具体任务，是通过寇新亚收集空军情报、伺机策反空军人员。彭并嘱咐他们：联络上寇新亚之后，通过寇新亚"先寻觅（空军里的）张绍桢医师，以看病为由与其认识，然后向张绍桢打听薛介民的状况"。

次年（1957）春天，张、罗夫妇才联络上了寇新亚。又再过了一年多，他们才"找到"薛介民。

根据寇新亚、彭文斌夫妇的审讯材料内容：1957年年初，张为鼎、罗秀云夫妇来到寇家拜访。他们携带了预先约定的联络"信物"——一件衣料，边上的小块布角已在先前由彭高扬剪下寄来寇家了。那天寇新亚不在家，寇妻接待了他们，张、罗夫妇没有说明来意。一周后，张为鼎单独再上门，和寇新亚见面，核对布角与衣料无误。寇新亚便将张为鼎延入卧室里关上房门，开大收音机的音量，开始谈话。

张为鼎首先告知寇新亚，他留在大陆的儿子的近况及家中房产的情形，然后向他交代任务：设法取得空军有关机场、机种、编队、雷达、尉级以上人员名单、"联合作战中心"等情报，尽可能利用此间电台与大陆通报，或自设发报台。寇新亚答应了，于是相约下次晤面时取件。两周后，寇新亚又在卧室接待张为鼎，从床褥下取出自己搜集的空军编制机种别，及空军各正副联队长姓名阶级、基地等情报交给张为鼎；同时表示有急用需要钱。张为鼎允诺几天之内会叫妻子送过来。

4月初，张、寇二人又晤面，一同研讨设立发报电台的事。寇新亚认为器材管制严密，表示无能为力。4月中旬，两人再度晤面，寇新亚交给张为鼎空军情报一件及发报机线路图一纸，同时又向张为鼎索取钱款。第二天，张为鼎的妻子就又送给寇新亚新台币一千元。（1960年左右，一名普通公教人员的月薪是新台币七百元。饭馆里一碗带肉的面只要两元。一千元不是小数目。）

并非出于一份理想和使命感而承担了这桩任务，寇新亚虽然有钱可拿，但内心忐忑。他知道万一事情败露的严重后果，令他越想越恐惧，以致寝食难安；妻子发觉有异，问他却不肯说，只是烦躁地叫她不要多问不要管。终于，他选择了告发出卖。1957年6月10日，寇新亚向"空军总部政战部"检举张为鼎、罗秀云夫妇为"匪谍"。

"空总"凭空获得如此重要的情报，当然要善加利用。7月，"国防部总政治部"会同空军总司令部，成立了"捕鼠专案"，利用张、罗夫妇进行反间计。于是寇新亚其后一直在"空总政治部"

第六章 不速之客 143

第四处的指导下,按时与张为鼎接触、假装合作,提供假情报长达一年之久,还诱骗到一万元港币,直到次年(1958)秋天张、罗夫妇被捕为止。中共方面与张为鼎的联络方式,大多是利用收音机单程通信,至张为鼎被捕时,共收到中共方面五十余次信息;张为鼎向中共递送情报或其他报告则用"漏格法"密写("以字代码",约定用毛姆的小说《人性枷锁》一书里的文字,用密码选取书中某页某段的个别文字,串成情报信函内容),到被捕为止发出了约四十件密函,其中至少有十几件是故意设置的假情报。共方也利用这个方法来函二三次。此外,还有一种化学药品密写通信,及"联络信箱"方法。

同年夏,张为鼎接到"指示",要他"与空军薛介民、医师姚明珠夫妇联络,授其秘密通信方法,继续为组织工作";不知何故,张为鼎迟迟未遵命采取行动联络薛、姚夫妇。而这条信息,极有可能当场就被正在严密监控他的调查单位截获。但张为鼎本人还蒙在鼓里。

次年(1958)7月,"国防部总政治部"和"空军总部"认为时机成熟,决定收网,动手逮捕张为鼎、罗秀云夫妇,并利用他们继续进行反间计、继续"钓鱼"。

1958年9月13日下午3时许,"国防部总政治部""空军总部",会同警备总部保安处,在台北中正路与延平北路拐角老和丰号(宏大橡胶号)逮捕了罗秀云——罗秀云约了寇新亚当天在那里交换情报。于是当场人证俱获,搜出情报资料,紧接着随即捕获了张为鼎。从那一刻开始,张、罗夫妇便充分合作,配合"总政战部"的"反间谍"运作。几乎是被捕之后的第一时间,张为鼎立即主动供出薛、姚两人名字,而且配合演出了一场戏——第二天就照剧本上演。

(后来张、罗夫妇因"在运用期间绩效显著"故"从宽处理",仅"交付感训三年"。但 1970 年 1 月 14 日"国防部"会同"总政战部"又组专案,再度逮捕张、罗夫妇,"并侦办澄清寇新亚涉嫌部分"。寇新亚及妻子彭文斌也于 1970 年 1 月再度被捕,并于 1971 年 6 月以"叛乱罪"判处寇新亚十二年徒刑,1972 年 2 月更进一步改判死刑。这个下场,恐怕是寇新亚当初决定告发出卖张、罗夫妇时,万万没有料到的。)

1958 年 9 月 14 日,是一个看起来再平常不过的星期天。前一天的晚上,"育德诊所"一位孕妇因为生产不顺利,折腾了一夜;明珠和帮她忙的介民都彻夜未眠。孩子生下之后,两人才累极睡去。

下午 2 点左右,诊所来了一名陌生男子,说找薛介民。护士陈小姐见此人并未伴随女人和小孩,又不是找姚大夫,显然不是来看病的,直觉必有要事;虽然先生正在补眠,她决定还是上楼悄悄叫醒他,但尽量不要惊动姚医师。

介民听到"有人找先生",便起身下楼,看到一个从未见过面的男子站在门口条椅旁边,神色显得很不自在。男子问:"你是薛介民?是福建人?"介民说是,来者却吞吞吐吐,欲言又止。

"有什么事吗?"介民问。

"你哥哥的信收到了?"陌生人说。

介民警觉起来:"什么信?"

"林建'成'你知道吧？"

介民立即想到仁哥信中说有"朋友"要来，便问："贵姓？"来者说他叫"张伟"，可是后来又改口称"张为"。介民延他进入看诊室坐下，自己坐在室门口的椅子上。"张伟"随即急促地说：他是"上级"派来联络的，需要介民提供台湾高射炮数量的资料。介民当然不会贸然承诺，只是谨慎地回答"这个我不知道"。

"那我来办好了，"张说。接着又问："那八架投诚的米格机，是否有这回事？"

介民观察着这个神色不定的男人，依然谨慎地未置可否："我们空军命令不准谈这件事。"

张追问："那你的看法如何？"

"八架？不可能吧。"介民隐约感觉对方在套他的话。

张便转换话题，问介民开设诊所的经过。"靠同学帮助。"介民实话实说。

"你们十年来很艰苦地过生活，需要钱我可以给你。"张说。介民说不需要，反问张来台多久了。

"1955年来的。来的时候带了些钱，有需要就可以给你。"来了三年才联系自己？介民再次婉拒，"不需要"。

"我来过这里三次都没见到面。"张说。介民心想：你知道我平日白天不会在这里的，"我要上班的"。

"你几时有空？"张站起身，似乎很想赶快说完话就走人，连珠炮般地说："那么下礼拜天下午3点钟到植物园荷花池旁见面，你带小孩子来。这次见面我们彼此不大了解，下次我带文件来，里面有通信的方法，你看过就明了了，不清楚的问我，看完就烧掉……"

介民越发起了疑心：这人固然有可能是自己人来探路的，但也不无可能是个圈套陷阱，否则何以没有"信物"，而且言辞闪烁，为什么有东西不能面交，还要再约到外头见面？但"张伟"坚持要等下次再说，连着三次叮嘱"下礼拜天见面"，然后匆匆告辞。介民送他到门口，指给他看路对面公共汽车的站牌，却见他跳上路边的一辆三轮车走了。

还容不得介民把这次突发状况在脑中分析整理，几乎是紧跟着"张伟"离去的背影而同时出现在诊所前后门的，是两部军车和从里面跳出的两车人。他们进来后即向还来不及走到楼梯口的介民表示："政治部"找他去谈话。（"政治部"即当时的"国防部总政治部"，后更名为"国防部总政治作战部""国防部政治作战局"，是国民党军队的政工体系。）

来得这么快！介民镇定自己，表示需要上楼换件衣服，还问为首的人：需要穿什么服装？意思是要不要穿制服。回答随便就可以，于是其中两个人尾随他上去。进了房间，介民对已经闻声惊醒的明珠说："政治部找我去谈话。"明珠当即明白：自己也要有所准备了。

然而她已经没有时间了。

明珠也没有料到：此刻一别，下次再见到介民，竟是四年之后了。

第六章 不速之客 147

介民换了一身干净衣裤下楼，跟随几名陌生人上车离去。其他几个人开始翻箱倒柜搜查诊所和家中物事。之后，明珠也被带走了。

当时龙、凤、凰三个孩子分别是十岁、八岁和六岁。他们对那个不寻常的星期天下午竟然都没有记忆，甚至是他们在多久之后被送到舅舅家，以及舅舅当时有没有告诉他们父母亲发生了什么事等，种种有关的情节，全都被深深埋进记忆深处一个再也不愿碰触、不敢打开的铁盒里，任其锈蚀沉埋。

第七章 炼　狱

　　1958年9月13日调查单位逮捕张为鼎、罗秀云；次日便令张去薛家，对介民讲出准备好的一番话，讲完了匆匆出门，埋伏在附近的人马立刻分秒不差地冲进诊所逮人，然后抄家。又过了四天，9月18日，逮捕同案张绍桢（空军总医院化验科中校主任）；10月5日，逮捕李和玉（空军官校教育处计划科中校科长，曾在五大队、十一大队，1943年4—8月赴印度接收P-40型战斗机返国）。

　　介民与明珠初始关押在台北市西宁南路原东本愿寺的"保安司令部"。明珠叫孩子寄信给她就是这个地址："西宁南路36号，李队长收转。"[1] 起诉后两人都被移到青岛东路3号的"军法局看守所"。

　　10月4日，"国防部军法局"发文，当时的"参谋总长"王叔铭具名上签呈给"总统"蒋介石《初步侦讯报告书》，报告9月13日"破获匪嫌案乙起，当日捕获主犯张为鼎罗秀云夫妇两名，继而根据供词，于9月14、18日先后捕获薛介民姚明珠夫妇及张绍桢等三名"。"总统"于 10 月 18 日下令彻查,尤其是在"空总"服务的张绍桢、薛介民二人,"系何人介绍保证,暨其在服务期间如何为匪工作,有关保防人员显系疏懈职责,并应彻究"。(查阅斯坦福大学胡佛研究所《蒋介石日记》档案,蒋在该年 10 月的日记中未曾提及此事。那个月蒋关心的是金门炮战的停火协定和美国对金门马祖离岛归属问题的态度。但可以想象蒋对此事的震惊与震怒:空军里出现"匪谍"是非彻查不可的大事;这项最高命令下来,遭殃的不会只是几名涉案人而已了。)

于是不同于通常的疾风迅雷、一网打尽的做法,面对这件大案,他们沉住气隐忍不发,而采取严密布置,目的是想放长线钓大鱼。此公文第五项"现行处置":"一、主犯张为鼎一名,现正运用其作通信谋略工作,期能扩大侦破并混淆'共匪'。自获案迄今已收'匪报'三次,两次为联络,无报,一次经译出其内容真实,'匪'似未发觉本案已被破获,另发密写信一件,情况良好。二、本案现仍继续分别追讯发展中,至于本案之侦破对空军有安全顾虑之部分,已饬由空军总部作必要之适当防范措施。"

1959 年 1 月 14 日,也就是逮捕之后四个月,王叔铭呈复"总统"鉴核侦审结果报告:"查本案主犯张为鼎乙名,正由本部妥善运用对'匪'作通信谋略中,进行状况甚为良好。"

同年 3 月——介民、明珠已在狱中半年了,哥哥仁民于 3 月 30 日写出一信给介民(新加坡邮戳"8APR59,台湾邮戳"四十八年 4 月 9 日"),信寄到信义路家中,当然被截获。仁民信开头写道:"正想念中,接得来信,欣慰之至!"问题是,此时的介民怎有可能去信?最大的可能是调查单位假冒他写家书

"钓鱼"。信中又说:"家中常有客人,肖钊夫妇也常到我处坐谈,据悉其亲戚忙于生涯与家务,分不开身,无暇出门拜访,等待有便,定去探望亲友。"看来这是后知后觉,到此时方才知道有人出事了,急忙寄信通知介民、明珠,竟不知他俩早在半年前就被捕了。

3月初至8月中,审讯同案李和玉完毕。

5月,介民在狱中胃出血。

1960年4月19日,档案里出现最后一次起诉前的非正式审讯介民的记录,其后便再没有此类审讯记录。明珠的非正式审讯记录则截止到同年4月16日。其后直到1962年6月才"立案",这两年零两个月中发生了什么事,就像石沉大海,再也无法查找。两年两个月,将近八百个日夜,没有音信、没有记录,也没有给兄嫂孩子的任何信件留下;狱中的囚人和狱外的家人,是怎样日日夜夜、分分秒秒度过的?不能想象,也不敢想象。

(那年9月,台湾《自由中国》杂志社社长雷震等人因涉嫌"叛乱",遭警备总部逮捕,判刑十年。在当时严密封闭的社会里,引起瞩目的大案,也仅此一桩。)

1961年,全年空白。没有官方档案记录,也没有私人的笔记、日记。我查遍所有能够找到的相关资讯,那整整一年像一个伸手不见五指的漆黑洞穴,没有一丝光照、没有一缕音响。面对纸上那个年月日,我无法想象从1958年9月开始失去自由迄今,人的精神和肉体承受的是何等的伤害,而人的承受极限又是在哪里。

直到1962年6月,也就是两年零两个月渺无声息的"黑洞"

之后,也就是逮捕行动将近四年之后,"国防部军法局"方才成立了薛、姚、李(和玉)、张(绍桢)"叛乱"案。此案自此才算正式开启。也就是说:从逮捕入狱到立案,用了三又四分之三年的时间,一千三百多个日夜,进行审问、调查、审讯审讯再审讯、再继续不计其数不择手段地——审!问!

6月13日,四名被告移送"国防部军法局"审理。(当时"分押'空总'及'本(国防)部'情报局")

7月11日,审问张绍桢。

7月12日,审问薛介民、李和玉。

7月13日,审问姚明珠。

7月14日,"军事检察官"赵公煅起草起诉书。薛、姚以"二条一"(叛乱罪,一般以死刑论处)起诉。

7月21日定稿,23日"国防部"发布起诉书。25日送达(接获)起诉书。

7月26日,"国防部军法局"会审开始。

8月2—3日,"军法局"法庭正式开庭讯问。薛介民、姚明珠、李和玉8月1日上午由情报局移解"军法局"收押,张绍桢于8月3日由"空军总部"移解"军法局"收押。在庭上,张绍桢称在"空总政治部"受讯时遭到疲劳审讯,当场被驳回。

9月8日,"国防部军法局"指派军事检察官及公设辩护人——两名上校孙威宾、孔铁勋;后变更为一名律师王善祥。(六年之后,1968年,作家陈映真等人因"民主台湾联盟案"被捕,营救他的朋友去找知名律师端木恺为他们辩护,遭到端木拒绝,但转交给手下办理,这位"手下"正是王善祥律师。)

9月14日,"军法局"审判组开庭讯问薛介民、姚明珠。这天极可能是他俩四年来第一次见面。

9月27日,"点呼"(传讯)"证人"姚勇来(后来也担任明珠的"辅佐人")、吴珍玉、薛明光。薛明光是介民的堂弟。吴珍玉,福建永春人,父亲吴神恩与明珠的舅舅薛天恩是结拜兄弟,吴珍玉与明珠母亲亦相熟,明珠长珍玉九岁,故称她为"珍玉表妹"。珍玉从小与薛天恩的姐妹们相熟,在莆田圣路加医院高级护校上学时常住薛家,然后与天恩姐妹结伴,从莆田越过白鸽岭走一整天路回永春的家。她曾在德化、永春等教会医院服务,来台后在斗六卫生院、台北锡口疗养院服务,亦曾短期在基隆市立医院与明珠同事。吴珍玉后来与明珠"福医"同学张元凯结婚。正是因为与薛天恩的姐妹相熟,才会代转新加坡表弟黄重仁(明珠二姑的儿子)的家信,因而被"军法局"传讯。

10月12日,提四名人犯审判"辩论"。

10月13日,"会审"结案,审判官李浓上校宣告审判终结,起诉四名罪犯及判刑。介民要求在会客室见三名子女,18日再请示转呈,"10/24~26公文"上报请准。

10月17日,审判官"评议"笔录,主文中出现薛、姚判死刑之议。

10月22日,判决书起草。

10月29日,"国防部"发文要求延长羁押两个月。

11月1日,送达"裁定书",确立"二条一"叛乱罪。

11月8日,下午3时,在"国防部军法局"向薛、姚宣读死刑判决书(《五十一年度镜棠字第六十六号判决"涉嫌意图以非法之方法颠覆政府着手实行事件"》)。薛、姚同案,但罪名并不相同。薛以军人身份获罪,在当时被判处死刑并不难理解;但姚作为一名平民女性,从起诉书和判决书上的"罪证"来看,似乎罪不及死。这个极大的疑点,暗示了此案背后当有更多复杂而不得公之于世的内情,却不知何年何日才能厘清。

"判决书"主文部分:

薛介民、姚明珠共同意图以非法之方法颠覆政府,而着手实行,各处死刑,各褫夺公权终生。全部财产,除酌留其家属必需生活费外,没收。

张绍桢,参加叛乱之组织,处有期徒刑十五年,褫夺公权十年。

李和玉,参加叛乱之组织,处有期徒刑十四年,褫夺公权十年。

11月14日,介民、明珠要求延长复判期限,聘请律师上诉。16日,法庭聘林炳康律师(台北市重庆南路一段51号2楼后进)。

11月19日,核准姚勇来为明珠之"辅佐人"的申请。

12月11日,发下复判之判决书,薛、姚复判"核准"。

当时介民关押在"国防部军法局"看守所("西所"),明珠在"警备总司令部"军法处看守所("东所",隶属于保安司令部,有女监);二所当时都在青岛东路3号,今日台北喜来登饭店所在,1968年迁往景美新店秀朗桥边。夫妻分关二所,相隔百步却不得相见，仅在会审及宣判当日法庭上一同聆听判刑时，才在分隔四年后初次相见。

12月14（15）日"国防部判决书"对于四人声请复判的答复手写公文，有一涂改部分："张绍桢系本案案发前，本部接获敌后情报谓'匪'指示潜台'匪谍'设法探查张绍桢及薛介民姚明珠三人行踪以资联络而破获……并非薛介民事前检举"，底下画线的字样被划掉，改为"依据情报，主动侦查而"。所以改过的定稿是："张绍桢系本案案发前，本部依据情报，主动侦查而破获……并非薛介民事前检举。"细读草稿，尤其将改动部分前后字样对比，才有此重大发现。

同一文件下页也有："四十七（1958）年九月，本部接获敌后情报，有薛介民、姚明珠（薛妻）、张绍桢者在南京时，曾受匪谍分子南京空军医院医师林建神之领导活动……'匪'指示潜台'匪谍'分子设法探查张薛等下落，恢复联络。"

这就更明显了：1958年9月的"敌后情报"当然就是张为鼎提供的。同书中也提出"再李和玉参加叛乱之组织，核非薛介民于首次自白书或调查时主动检举，系经调查人员于讯问中发觉者，既非自动检举，即与惩治叛乱条例××××规定要件不符"。

"国防部"的公文做出了最可靠的证明：在狱中漫长的四年多里，不计其数的审问逼供，介民没有主动告发任何人，更遑论出卖。细读审讯记录，但凡被逼问有可能涉嫌同路的人名时，介民举出的人不是已死，就是身在大陆。同案的张绍桢是张为鼎泄露的（根据《初步侦讯报告书》：张为鼎是想"通过张绍桢之关系向薛介民及薛妻姚明珠联络及策反空军"），但侦讯机构从不提张、罗夫妇这条情报来源,仅称"敌后情报";一方面因为还在利用他们进行"反间计",另一方面也可以为自己的单位邀功。而李和玉也是调查人员在审讯中发觉的,并非"自动检举",亦非薛介民"主动检举"。

"复判声请",张、李被驳回,薛、姚核准。(张绍桢被判十五年,1975年"减刑"出狱。)

介民、明珠提出要求在一间房里一同见孩子,而不是如往常隔着铁栏杆用话筒通话,获得允准。1962年的深秋,一家五口终于见到了面——父母亲见到即将成为孤儿的三个孩子。四年多以来,孩子们见过母亲几次,却没有见过父亲。这是第一次(他们不知道这也是最后一次)他们同时见到了父母亲。但是见面的细节,三个孩子谁也没有清晰的印象。(情绪过于激动,可以烙下难以磨灭的记忆,却也可能造成选择性的失忆。)

在介民、明珠被关押期间,三个孩子虽然住在舅舅家,但舅妈无心照料;从明珠的一些信件里看出,吴珍玉代为打点了许多生活里的用品,譬如探监时带给明珠日常需要的东西、为孩子们添置冬衣等。舅舅对小龙的"管教",介民在狱中就有所闻,曾写信婉言要求姚勇来不要打孩子,字里行间看得出他无奈又心疼的心情。做父亲的还不知道更令他心疼的事:孩子上学带的饭盒,打开来饭菜都是馊的;衣服扯破没有人为他缝补、没有钱理发以致不符合学校要求的"仪容"规定而被处分(后来有一位本省籍的导师,可能感觉到这个男孩的家庭有某种难以言说的困难,便不再过问"仪容"的要求了);上学没有搭公车的零钱,就从中正路《新生报》宿舍的舅舅家,步行一个多小时去学

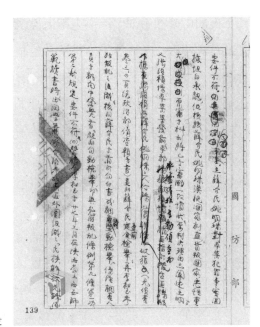

审讯涂改张为鼎的告发

"起诉书""判决书"原件封面

第七章 炼狱 157

校（大同中学初中部）……更不用说精神上的折磨：感觉周遭尽是敌意和蔑视，无法启齿的恐惧和羞耻无时无刻不盘踞心头；没有朋友，没有任何一件令一个孩子开心的事物，更没有一个可以让他安静念书的角落。过着这样的日子，小龙竟还考取了全省最好的高中建国中学，靠的也就是这份倔强吧。但在私下无人的时候，十多岁的孩子会暗暗折磨自己，狠狠地掐自己的手直到疼痛难当——他天真地希望借由自己肉体的痛苦，换取父母亲的平安。

介民和明珠留存下来的狱中家书，每一封上面都有狱方的检查盖章，当然是小心翼翼字斟句酌，而且只能报喜不报忧。父母亲对孩子们千叮万嘱，不外是要注意身体健康、专心念书、不要担心父母亲；"我们都很好，等爸爸妈妈的事情弄清楚了，很快就会回家的……"这些"甜蜜的谎言"做母亲的不知写了多少遍，孩子们抱着模糊遥远的美好希望活下去，一天又一天，一月又一月，一年又一年——直到希望彻底幻灭的那一天。

明珠给张元凯夫人吴珍玉的信，多为殷殷叮嘱孩子们的生活费用、衣服裤子等切身的事，唯恐孩子们受饥受冻。在一封12月10日（年份不详）的信中，她说："家兄嫂天天上班，家中又无佣（用）人，加上我的小孩麻烦他们，实在他们忙不过来，所以要烦您抽空半天把我的箱翻一翻，把小孩的冬衣、棉衣、大衣、皮茄（夹）克、长裤等统统找出来交小孩，以免他们受冻。……"后来明珠还有一信提到：她发现小凰的新大衣是珍玉买的（一定是孩子长得快，旧大衣不合穿了），非常感激。珍玉的爱心对小孩和大人一视同仁，她看到明珠衣裳单薄，就把自己的大衣给了明珠。

龙、凤、凰摄于1962年秋。父母时在狱中,小龙考上台北建国中学不久

介民从狱中写给孩子们的信留下的不多,其中一封日期是"9月30日",却没有年份;字体完全不同于他当年给明珠的情书:他用了极工整端正的字体写这封家书,而且遣词造句非常简单,口气就像对年幼的小孩。我想这是由于他在狱中好些时日都没有见过儿女,不知他们长大了,字也认得多了;做父亲的唯恐字体潦草,用词深奥,孩子们会看不懂:

龙凤凰爱儿:

昨天上午,龙、凰儿都上学去,凤儿在家,送来月饼收到了,谢谢你们爱爸爸的心,其实,这里也可以买到,我想你们也给妈妈送去月饼,妈妈也爱你们。

爸的身体平安。

爸爸总是希望你们三个小孩,注意吃饭吃菜,一定每顿都要吃好。功课自己先分配好,休息一下再做,做完就可以玩了。要听姨姨她们的话,出门上学小心汽车,三个人要互相爱护帮助,不可随便跑出去,要乖,要做好孩子。

愿 上帝保佑你们平安快乐

你们的爸爸写的 九月卅日

很感激这几位先生替我们带信,他们都很好,你们要向他们说谢谢,应该有礼貌。

十月一日起时间改了,你们要注意早睡觉,多睡一会儿。

龙儿,你把这信念给凤、凰妹妹听,有空请回信。

我推测写这封信的年份,除了1958年刚入狱半个月不可能写

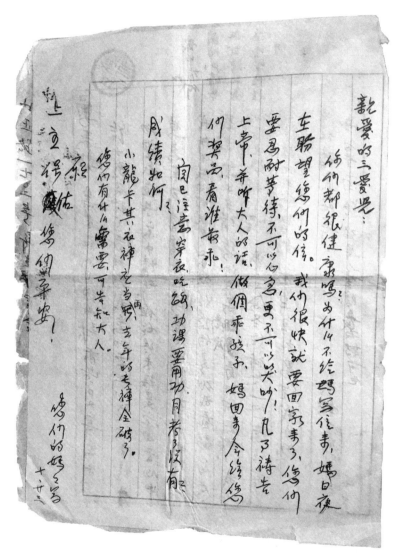

慈母的狱中书信

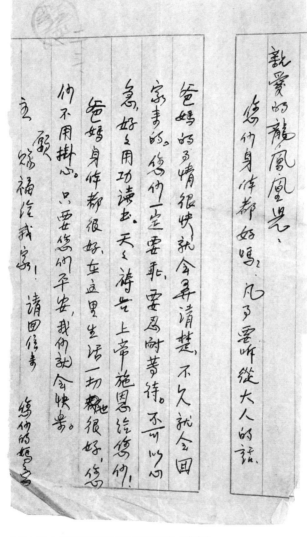

慈母在狱中安慰孩子不久就回家的甜蜜"谎言"。
左上方有狱方检查章及日期

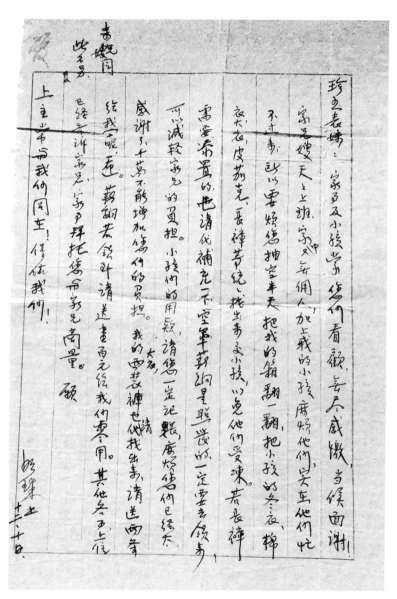

明珠给吴珍玉的信，年份不详，日期是12月10日，正值隆冬

龍鳳凰

愛兒：

十月一日起時間改了，你們要注意早睡覺，多睡一會兒。龍兒你把這信唸給鳳凰妹妹聽，有空請回信。

很感激這幾位先生替我們帶信，他們都很好，你們要向他們說謝謝，應該有禮貌。

昨天上午，龍鳳兒都上學去，鳳兒在家，送來月餅，謝謝(收到了)你們兩個愛爸爸的心，其實，這裡也可以買到，我想你們也給媽媽送去月餅，媽媽也愛你們。

爸爸總是希望你們三個小孩，注意吃飯，吃菜，一定每頓都要吃好。功課自己先勿飄好，休息一下再做，做完就可以玩了。要聽姨姨她們的話，出門上學小心汽車，三個人要互相愛護幫助，不可隨便跑出去，要乘，要做好孩子。

爸的身体平安。

願

上帝保佑你們平安快樂

你們的爸爸寫的 九月卅日

1960年9月30日，介民写给孩子们的信这样的信之外，1959、1961 和 1962 三年的中秋节分别是 9 月 17 日、9 月 24 日和 9 月 13 日。到了 9 月 30 日，节日早过了，中秋节的可能性很小。而且信里提到 10 月 1 日改时间（夏令改为冬令），1962 年台湾已经停止改时间。剩下的只有 1960 年，中秋节是 10 月 5 日，一周前送月饼很合理。那时介民、明珠入狱已经超过两年，这是他们第三个无法团圆的佳节，孩子送来月饼，虽然见不到面，对狱中的父亲依然是极大的安慰；也看得出明珠关在另一个地方，过节两人也无法通音信。如果这个年份的推断正确，那么这封家书就是那两年零两个月的"黑洞"时期里唯一留下的记录。当时小龙十二岁多，小凤、小凰分别是十岁多和八岁多。

介民在狱中曾翻译英文《日本武士》一书，手稿三十三册，拟交姚勇来刊于《自由谈》或《拾穗》杂志，赚取稿费给孩子。（有请示"总政治部"审查内容的文件，答复两点：一、有"夸扬"日本武士道之嫌；二、"二次大战"时日本空军与盟国作战情形现已无参考价值。故不予刊登，手稿发还。）

1962 年 12 月 24 日，"国防部军法局"俞大维（"国防部长"）、彭孟缉（"总参谋长"）"为复判薛介民等叛乱一案"以极秀丽的毛笔字"签呈""总统"。（这件"国防部军法局"的"机密文件"，在 2001 年 8 月 18 日由"国家档案局"正式盖章注销了"机密等级"，家属可要求查阅及拷贝光碟。）

12 月 29 日，张群（"总统府秘书长"）、周至柔（"总统府参军长"）又以工笔书法将原件及判决文件呈上"总统""钧核"，次年 1 月 19 日批"照准，中正"。

1963 年 1 月 9 日，"监察委员"丘念台先生致"国防部"参谋总长彭孟缉函件，要求将薛、姚"请设法赐予减刑"。彭孟缉于1月19日传达；1月30日回函"该案业经判决确定"；2月5日，"军法复判局长"汪道渊亲自赴丘委员的寓所"说明"，丘念台"表示了解并致谢"。

丘念台（1894—1967），祖籍广东，其父为台湾先贤丘逢甲。少年时即加入同盟会，青年时代赴日本留学，学成回国后先是投入抗日救国，抗战期间成立"东区服务队"，号召训练爱国青年作为协助抗战的基干。赴陕北考察时曾见到毛泽东、周恩来等人。抗战胜利后到台湾处理接管安抚救济的工作。1946年8月，发起组织"台湾光复致敬团"赴南京献金抚恤先烈家属、致祭国父，并到陕西祭拜黄帝陵。在国民党政府担任"监察委员""资政""国民党中常委"。何以要出面为薛、姚说情，现今已经无法得知缘由了。若不是披阅档案，怎会知道当时还有这位仗义人物，家属也无从向他致谢。人间难以追溯的错综情缘，又岂止这一桩？血淋淋的事件后面有多少直接和间接的刽子手，但也有暗中默默伸出的援手。

注释：

［1］台北市西宁南路36号的"保安司令部看守所"，前身是日据时期的建筑"东本愿寺"，1928年建于台北市寿町二丁目五番地，原为木造建筑，1930年遭大火焚毁，1936年在原地重建，外观为印度建筑样式，内部仍为日式风格。光复后被"保安司令部"占用，成为"保安司令部"保安处看守所所在地，作

为监狱用途，地下一层、地上三层，关押众多政治犯。50年代的东本愿寺一楼有四排牢房，左右各两排。每间约六块榻榻米大，每间需容纳二十人。独囚房是东本愿寺的特色之一，每间长约六尺，宽约三尺，比走廊高出半公尺，空间狭窄昏暗。看守所环境恶劣，牢房拥挤，臭气难闻，蚊虱猖獗，刑求严厉，早期甚至私下杀害政治犯。1958年5月，"陆军总司令部"将戒严业务转移到新成立的警备总部，迁至东本愿寺，将"台湾防卫总司令部""台湾省保安司令部""台湾省民防司令部""台北卫戍总司令部"合并编成"台湾警备总司令部"，即"警总司令部保安处"。该处于1967年迁出占用的东本愿寺，国有财产局将该地公开标售，东本愿寺遭到拆除，在原址盖了狮子林、来来百货和六福三栋商业大楼。原看守所则移到博爱路上的保安处本部。现址为狮子林商业大楼、六福西门大楼、诚品武昌店，原本的警总建筑已经全部拆除。

第八章 "假如我为了真理而牺牲"

40年代，二十多岁的介民书写他的自传体小说，书名暂定为"假如我为了真理而牺牲"，最后一章的标题就是"我的牺牲"。当时他心心念念想的"牺牲"多半是在蓝天碧血、敌人的炮火之下，怎会料到是自己国土上的刑场！

明珠在1941年给孙坤榕的照片后面，有这样的题字留言："我宁愿跟真理做个小鬼，而不愿跟虚伪携手，做个安琪儿！"二十四岁，风华正茂的女子，誓言追随的竟是"真理"这两个字。

真理，真理，高过他们的生命，甚至高于他们最最爱的儿女？

在最后的日子里，介民在一本小册子里写了叮嘱孩子们的话语，小龙有印象看见过，可惜后来找不到了。只留下一页纸片，介民在上面写下三兄妹的出生年月日和地点、祖父母和外祖父母的姓名，还有当时爸爸妈妈的岁数。……未来难料，焉知孩子们会不会流落天涯海角；往事难追，但愿这几个名字和日期，能够永远镂刻在他们的记忆中。（也是从这里，我找到明珠只比介民

小龍 民國卅七年元月十八日,
　　　南京峽醫院,下午二時生,

小鳳 民國卅九年元月十七日
　　　台灣屏東成功路着食夜裡生,

小鳳 民國四十一年二月廿九日(閏日)
　　　台灣屏東空軍醫院,夜裡生,

祖父 薛青雲, 祖母 林美瑛,
外祖父 姚玉華, 外祖母 薛璧英,

　　　爸47歲足,
　　　媽46歲足,

介民给孩子们的备忘录

介民遗言

小一岁的证据。)

1963 年 1 月 18 日,被宣判了死刑的介民提出要求复判。那天是儿子小龙十五岁生日。介民在给张元凯、吴珍玉的信中写下这段话:

> 凯兄,木兰溪水长久在流,玉妹,白鸽岭高壮地站立,乡亲至爱之恩亦(永)不能忘。弟夫妇永远不忘兄妹恩德,愿 上帝赐福气平安给您们共龙儿。(信请您们保存)乡弟 薛介民敬上。主后一九六三年元月十八日,龙儿十五岁生日。

虽然要求复判,介民和明珠已经做了最后的准备。在小龙生日这天致张元凯、吴珍玉夫妇的这封信,不仅是正式的"托孤",更是借乡亲——家乡的山水象征,抒发他最终的怀抱:"木兰溪水长久在流,白鸽岭高壮地站立,乡亲至爱之恩永不能忘。"

1 月 21 日,"国防部"判决书(复判)发出,维持原判。"总统""代电核定"。(1963 年 1 月的《蒋介石日记》未提及此事。)

1 月 23 日接到复判判决书,同案张绍桢、李和玉在"受送达人署名盖章"栏都签了名,但介民、明珠只是按下指纹。估计是拒绝签名而被迫按指纹,不似普通的轻轻一按而显示的指纹,而是一片殷红如血。

1963 年 1 月 31 日(农历正月初七,星期四)早晨 7 时,介民、明珠在台北县新店镇安坑刑场就义。据说政治犯行刑都在星期二和星期五，可能那只是马场町的惯例，安坑另有自己的规矩。参谋总长彭孟缉发文，"国防部"密令军事检察官王化欧上校，于当日上午6时30分到"军法局"将二人提庭验明正身后，交由宪兵201团押赴刑场执行枪决，并莅场监刑具报。"国防部"并以最速件发文"台北市政府社会局"，请派工前往安坑刑场收尸埋葬，副本送市立殡仪馆。

执行前的惯例手续，问明珠"姓名、年龄、住址等"，俱答。问"你最后有何话说"，不答。问："你还有什么遗嘱吗？"答："我的儿女交给'国家'抚养。"

问介民"姓名、年龄、住址等"，俱答。问"你最后有何话说"，不答。问："你还有什么遗嘱吗？"答："我的遗体送给国防医学院。我有活页本一册请交给我的内兄姚勇来，并请他尽量不让子女知道已经执行了，并请他照顾。"（"活页本"后来下落不明。）

介民最后要求（1962年圣诞节提出）："一、执刑前请准其夫妇作最后见面。二、执刑前请准派牧师作最后祷告。三、执行后身体捐国防医学院解剖研究。"仅第一项允准，第二项"于法无据"，第三项因过去都是由家属领回殓葬，"未便由本局送国防医学院处理"，皆驳回。

7时30分执行完毕。8时报告表称中弹数：介民五，明珠三。

生前最后的照片里，介民神情平静自若；而明珠照相的那一瞬间，却捕捉到她悲愤激动的表情。这个年方二十就奔赴革命，承受了监狱和酷刑、九死无悔的女子，在那个时刻的情绪流露，只有一种解释：她唯一放不下的牵挂——不是唯一，是三个；身为三个孩子的母亲，想到这一脚跨出之后天人永隔，从此再也无法保护照顾她风雪严冬里的弱小幼雏，狱中尚且日日夜夜担心他们挨饿受冻，她走后孩子们的命运更不可知……任是再怎样情怀壮烈的女子，那一刻也难以自持了吧。

哥哥姚勇来即来认定，并申请领回遗体送去殡仪馆。介民、明珠都不约而同在遗言中提及：死后捐赠遗体供医学院解剖研究及捐赠眼珠等，均未被采用。

2月1日上午10时，三名子女在台北市立殡仪馆见到不再有生命的父母亲。孩子们是舅父舅妈带着去的。张元凯夫妇也去了。是不是该让孩子们看到父母亲的遗体，长辈们是有过顾虑的；最后还是张元凯从医生的心理学角度，认为应当让孩子亲见、面对、告别，才不会有一生的悬念。

两具冰冷的尸体，躺在冰冷的石板上。孩子们看了，连眼泪都流不出——人世间最深彻无底的恐怖和绝望，是连眼泪都被闭止住了的。

父母亲的遗体旋即入炉火化。焚化成灰之后，小龙听见一名焚化炉的员工说："那男的（指介民）身体坏透了，骨头全松了。"

从殡仪馆出来，三个孩子走在台北市的马路上；才是大年初八，农历年庆典的氛围还未消失，行人和家家户户好像还沉浸在节日团圆欢乐的气氛里。三个孤儿，哥哥走在中间，两个妹妹各一只小手放在他外套两侧的口袋里。他多希望自己有能力给妹妹们更多的温暖，然而他才十五岁。他真是等不及要长大。

2月26日，俞大维、彭孟缉又发"签呈"附上薛、姚生前死后照片各一张,两人共四张,请"总统"过目。

介民和明珠的骨灰盒,安放在台北市中正路的善导寺。

当时小龙就读建国中学高一,被张元凯、吴珍玉夫妇收养。张元凯小介民两岁,"福医"第五届毕业,是明珠的学弟;而吴珍玉曾因代转信被提讯,但依然没有畏惧地照顾这一家人。

原本小龙是要由舅舅姚勇来、舅妈沈嫄璋夫妇收养的,但舅舅嫌他性格倔强,宁可收养性情温顺的小凤。这个男孩,结果由最有爱心的张元凯夫妇收养,这是他人生最幸运的转折。他不再需要像两个妹妹那样,辗转于一个又一个寄养人家,每过一阵、不知多久,就要适应一个新的寄养家庭、新的"家人"和那家的佣仆(有的佣人嫌小孩多事,对她们相当刻薄)、新的学校环境……频繁的迁移和适应,对于一般成人都不是容易的事,何况是孩子,更何况是甫经丧乱伤痛的弱小心灵。

除了舅舅家,小凤与小凰也曾经暂时寄养基隆余流水、周淑安家;余、周两人皆为"福医"第四届,也都是医师。小凤多半时候还是住舅舅家,直到舅舅舅妈也出事——这是后话了。小凤亦曾住在干妈陈素琼(亦为"福医"四届)家中,但陈后来移民法国;她短暂寄居明珠舅舅薛天恩刚从美国回台湾的儿子薛国航家,后来她考上东海大学,张元凯为她出了学费和充足的生活费,然后决定还是收养她。小凰先是寄居基隆余流水、周淑安家,最后薛天恩在美国的长女薛静山收养了小凰。

2月13日,"军法局"将《日本武士》译稿、原书及复判判决书发给姚勇来。

5月13日,"空总"公文建议"国防部"发还薛、姚信义路遗产给子女。"判决书"中是规定"全部财产除酌留其家属必需生活费外没收"。但之前（2月12日）姚勇来曾代子女陈情要求保留信义路房产。"空总"4月18日致函"国防部军法局"，将房屋发还交予子女监护人姚勇来负责租赁，每月租金一千元，作为子女生活教育费用。事实上，家中仅剩下少量衣物日用品，诊所药品经过几年搁置已腐蚀霉烂废弃；且尚欠下债务。房屋尚欠大笔贷款及税金，即使不被没收也难以保有，据说后来只好以极低价钱卖出，子女还是一无所有。

1963年6月1日，空军十一大队上尉飞行员徐廷泽驾F-86F从新竹起义飞福建龙田军用机场。

自1949年4月17日起至1989年2月17日，共有二十二起从台湾地区（包括金门）驾机起义事件。其中七起由冈山起飞。

1965年秋，小龙考入台湾大学理学院动物系就读。在张元凯、吴珍玉夫妇慈爱的呵护之下，这颗饱受创伤的少年的心渐渐疗愈，在大学里专心求知，开始了他对生命科学的兴趣和追求，并且奠定了他成为一名科学家的终生志业。

同年12月，小凰赴美，成为明珠舅舅薛天恩长女薛静山的义女。静山住在美国宾州费城，丈夫姓林，是一位医生，有两个比小凰略小的男孩。全家都是虔诚的基督徒。在那里，小凰从头学英语、上初中。林家全说英语，小凰很快就"忘记"了中文——也许是一种有意的遗忘，将童年惨痛的梦魇随着母语一并清除到记忆之外。

1956年11月26日,"国民政府"大法官会议"释字第六十八号"明定:"凡曾参加叛乱组织者,在未经自首或有其他事实证明其确已脱离组织以前,自应认为系继续参加。"这项释文成为特务机关逮捕政治犯的利器。1966年4月24日,明珠兄嫂姚勇来、沈嫄璋被捕,罪名是当年在福建加入"匪党"未自首;其实是被牵入《新生报》和调查局,甚至"军统""中统"的派系斗争——原调查局三处的处长蒋海溶、副处长李世杰的案件;而陷人入罪的借口和手法便是这条释文。沈嫄璋于8月16日冤死在调查局。局方声称她是自杀身亡,但在严密监视的狱中绝无可能自杀成功,况且死亡迹象亦非局方所称的"自缢",而是身体遭到致命伤害,极可能是酷刑致死的。由于沈嫄璋是有名的女记者,她的入狱和猝死一直有许多揣测和说法;而《新生报》的血腥冤狱,牵连之广之惨,也是当年的大案。次年1月,姚勇来被移送到青岛东路警总军法处看守所后,才被允许写信告知三个女儿她们母亲的死讯。姚勇来被判十五年(因被迫"证明"妻子是自杀的,而得以免一死),十年后"大赦"出狱,身心俱伤,任大楼看门员,90年代初郁郁而终。

　　舅舅、舅妈出事时,小凤还住在他们家,又一次经受了家被抄、人被捕的惊恐。这时张元凯夫妇又伸出慈爱的援手,悉心照顾小凤。饱受颠沛流离之苦的小凤,就像将枯的小苗受到了阳光雨露的滋润,以优秀的成绩考上东海大学,出落得与她母亲当年一样苗条秀丽。

　　在台大念书的小龙,住在义父张元凯医师家中,"康德医院"后进的一个小房间里——那正是多年前明珠在"康德医院"

"康德医院"旧影

兼职时照看妇产科病人的地方。物是人非，他只能搜寻模糊的记忆，想象当年母亲在这里留下的话语和痕迹……虽然就读的是号称学术风气自由开放的台大，但在那个戒严年代，他的身世在一般人眼中是如瘟疫般避之唯恐不及的，所以他只是潜心读书，涉猎除了本科之外的人文书籍，写一些文学和思想性的文章投稿给校刊杂志；读大三那年还担任了《大学论坛》杂志的副总编辑。当时我在历史系就读，也给杂志投稿，因此与他结识了。其实在见到他之前我就已读到过几篇他的文章，知道是出自一个理学院同学之手，不免另眼相看。认识之后，我觉察到这个男孩有一种孤傲倔强和落落寡合的气质，后来才知道原因。在斯时斯地，他的出身背景对于他未来进入社会就业、

第八章 "假如我为了真理而牺牲" 177

恋爱、结婚……种种人生大事，都是难以跨越克服的天堑，除非永远离开这个地方。我会与他交往，令他难以置信竟然有女孩子"傻"到不在乎这些。

那是20世纪自由思想风起云涌的1968年。在当时台湾戒严年代封闭的环境里，像不少年轻人一样，二十岁的我热情、好奇、困惑，时时在寻求一些答案，憧憬着广阔的知识世界，吃力地思索着"人类的幸福和前途"之类的大问题。这时这位动物系的男同学给我看一本英文"乌托邦"小说 Brave New World。我正好刚读过《1984》，也约略知道一些有关"负面乌托邦"的理论，看到这部充满典雅的人文关怀与繁复的科学想象，又具有引人入胜的情节和瑰丽场景的文学作品，自然一读就为之惊艳而不能释手。当时这本书在台湾还没有中译本，我们两个不知天高地厚的大学生，就决定把这本经典文学作品翻译出来。整个"大四"那年，我俩的课外时光就在合作译书中度过；毕业前夕这项工作也完成了，书名定为《美丽新世界》，1969年在台北初版，其后再版不计其数；2013年北京燕山出版社出了修订版。

1969年夏，小龙从台大毕业，依法服兵役一年。出乎我们意料的是，他竟然被选上当宪兵，还担任副排长！台湾青年服兵役能当上威风的宪兵，多半是有"背景"子弟的特权，他怎能当上宪兵始终是个谜。那一年的军中生活，他每一分钟都处于神经紧绷的状态，夜里睡觉也不安稳，唯恐说梦话被同寝室的人听见，泄露了"匪谍儿子"的身份。有两次任务对他是极困难的考验：一次是要他带上一小队人执行枪决人犯的任务，还好后来取

担任宪兵少尉副排长的小龙（1970）

消成命，如果真的亲赴现场，难说会不会崩溃。另一次是蒋经国从美国回来，小龙的连队奉派去松山机场担任接机护送的任务。"小蒋"那次赴美，在纽约遭到黄文雄、郑自才刺杀，幸得逃命，惊魂未定，警备特别森严。当他近距离看到"小蒋"，举枪射击的念头挥之不去。但他知道：自己腰间的枪支，第一颗子弹是空包弹，他射出那一枪，对方安然无恙，自己则会立刻被制服在地，然后无数无辜的人都会倒霉。他把汗涔涔的手从腰间撤开了。

小龙以优异的成绩获得美国普渡大学全额奖学金。1970 年 9 月，身上带着张元凯夫妇给他做盘缠的二百元美金（一个月后他收到第一张奖学金支票时就把这笔钱寄回去了），与我一起离开台湾赴美留学。他怎能安度层层关卡出国，就跟当上宪兵一样，也始终是一个谜。我们上机的那天，他极度紧张、惴惴不安，深恐无法过关出境，或是在登机的前一刻被拦下来，甚至担心飞机发动了，却因为机上有不该走的人，而绕回跑道停机开门逮人……在当时的台湾，这样的事情不是没有发生过。直到飞机上了蓝天，看着窗外的白云，他才大大松了一口气，对我说："龙归大海！"年底，我们在印第安纳州结婚。婚后发现他睡觉时习惯用被子盖住头，即使在大热天也是如此。直到过去好一段日子，也是身在国外渐渐远离了那深沉的恐惧，才不再睡觉时把头埋在被子里了。

一到美国，趁着开学之前的几天空闲，小龙特意去到费城看望小凰。小凰刚从高中毕业，养父母已经为她申请到一所离家不远、声誉甚佳的私立大学的入学许可。但出乎大家意料的,小凰却在开学前夕向家里宣布:她不上大学了,她要结婚,然后立刻跟着丈夫去南美洲。原来小凰在暑期基督教青年夏令营里,认识了一位姓凯利的、大她八岁的白人教士,这人很快就要去南美洲哥伦比亚的丛林对土著传教。凯利向她求婚,要她现在就嫁给他,然后立刻随他一同去南美;他说:否则他不知道自己几时才会回美国,可能永远再也见不到彼此了。

兄妹五年之后在异国重逢,还感觉仿佛如梦的小龙,被这个不亚于炸弹的宣告炸得六神无主。他苦苦劝告小妹,不要这么冲动做下这么大的决定,要她先上了大学再说,凯利如果真爱她一定会回来找她的,兄妹好不容易团圆怎能又再离散……晓之以理,动之以情,说得口干舌燥,无奈小凰的个性显然也传承了家族的固执倔强,丝毫不为所动。最后做哥哥的只好跟重聚才两三天的妹妹道别,他去中西部的印第安纳州上学,她去南美洲的哥伦比亚,从首都波哥大走不知多远多久的路,去到一个根本不知其名的荒野丛林里,过着没水没电近乎原始的生活。兄妹之间还是保持通信,虽然一封信要走好长的时间,而且小凰只会用英文写信了。

适逢1970年年底开始了台湾留学生在海外发起的"保卫钓鱼台"运动。这个有"海外五四"之称的保土爱国运动,起因于美国将历史上原本属于中国、邻近台湾的钓鱼岛,与琉球群岛一并私相授予日本,而台湾当局不仅吞声屈从,甚至对得知之后发起抗议活动的爱国学生加以打压。许多学生自此对民族主义有了进一步的体会,开始试着认识那个曾经是最大禁忌的大陆。小龙和我也参与了"保钓"运动，同时开始了重新认识中国的探索。在一片不存在政治禁忌的自由土地上，我们如饥似渴地阅读从前无法接触到的书刊，试着去了解自己父母亲那一代人真实的历史背景，阅读那些可能启发了他们理想的读物、那些可能影响了他们的思想和抉择的人物和事迹；更希望有一天能够踏上他们走过的土地山川，去看清发生在他们命运里的真相。

台湾这边，出卖者的故事竟然还没有完。1970年1月14日，"国防部"会同"总政战部"组成专案，再度逮捕张为鼎、罗秀云夫妇，并"侦办澄清寇新亚涉嫌部分"。19日，会同"总政战部"第四处成立"捕鼠二号专案"，1月23日，"保安处"将"涉嫌人"张、罗夫妇及寇新亚逮捕，寇的妻子亦被扣送"空军总部"并案侦理。

文件中指出：张、罗夫妇当年"有运用价值，遂奉准对'匪'进行谋略运用……迨至本年初，本案运用成效日差，虽经本部一再设计刺激'匪方'，终无具体反应"。结论是："咸论以交付感化为宜。"5月27日，"总政治作战部"签请依法裁定将张、罗夫妇"交付感训三年，侦训期间，应严加考核，并视需要延长感训时间"。从1958年到1970年，这对夫妇被驱用了漫长的十二年，终于"运用成效日差"而不再有利用价值，但在弃之如敝屣之际还是要"交付感训"，而且有需要的话随时可以延长感训时间。

至于寇新亚，就没有张、罗夫妇那么"幸运"了。"综合研析"文件说他"检举动机，用心取巧，因已被空总侦查在先，诚恐与张接触再被发现后果严重，在畏罪侥幸心理下，作此牺牲张匪保存自己打算，提出检举。对其本身作为匪身份始终未曾坦白，显属另有用心。"次年（1971）6月控寇"以非法方法颠覆政府并着手实行"的罪名判处十二年有期徒刑。寇大概想不到还会"回锅"，不服上诉；更想不到的是上诉的结果更惨：1972年2月竟以"叛乱罪"被宣判死刑！寇喊冤称："（再次被捕）当时被告夫妇仍在国防部总政战部直接指导下工作，原有线路绵续未断，而据保安处称该线路已无效用云云，殊属耐人寻味。"

寇新亚想继续效忠，便指出："国防部总政战部"的线路其实还未断，但"警总保安处"却认为该线路已经无效；这番话在"上面"看来，是意指两个机构对调查路线是否仍然有效的看法不一致，谁对谁错，岂容他来指点甚至挑拨？狡兔死，走狗烹，何"耐人寻味"之有？寇新亚当时的告发出卖，固然出于怯懦和无奈，但后来下场如此悲惨——自身被判死、妻子受到连累、儿子发疯……家破人亡，恐怕也是他始料未及的吧。

1970年，介民的母亲在福建家乡亡故。从1946年介民回乡结婚然后离乡，她就再也没有见过这个儿子。这个隔着一道海峡却比天涯更远的儿子，七年之前就已经离开人世，老母亲是否知情？知道几分实情？这世间已经无人可问了。

1972年，美国总统尼克松访华，标志着自1949年以来中美两国相互隔绝的局面终于打破,"大陆"不再是禁忌,在美国的华人留学生开始思考认识,甚至亲赴大陆参访的可能。一道隐隐的光亮在地平线出现。"大陆"不再是一个巨大的、遥不可及的黑洞甚至人间地狱,如同在台湾时严密的"反共"教育所灌输的印象。对于我,那是我的文学源头,出国后我读到了在台湾是禁书的中国近现代文学作品,我希望能够亲见亲炙那个文学"断层",那些原只是文学史(甚至在台湾被禁的版本)上的名字。加上由于参加"保钓",我俩都上了国民党当局的黑名单,不知何年才能再回台湾,我对于踏上大陆土地的心情尤为迫切。

1977年秋天,我首次回大陆,开始我的寻根之旅——那是我一岁时在襁褓中离开之后第一次踏上那片土地。在寻访亲人和文学原乡的同时,我也试着打探有关我公婆的事。通过"中旅社"探问,却未获任何结果。次年秋天,小龙也首次回大陆,那时他已是美国圣地亚哥加州大学的助理教授,与中国科学院进行学术交流(之后的四十年间,他为中国的科研贡献所学,培养了许多人才,包括中国科学院院士)。但同样地,他探问父母亲的事依然未能得到任何答复。其实他要知道的问题很简单,但想要得到答案又非常困难:父母亲是像许许多多台湾白色恐怖的受难者那样,是冤枉的吗?据他对父母亲的了解,以及我读到的父亲的日记笔记,他们都是有理想、有正义感的人,极有可能是为了理想求仁得仁。那么,他们究竟是什么人?他们究竟做了什么?这件事情的真相若是无法得知,不仅做子女的于心难安、自身遭受的苦难无从申诉,而父母亲的在天之灵,更是无法得到安慰。

1979年元旦,《中美建交公报》正式生效,中美正式建交。

10月,我再次回到中国大陆。长期负责中共中央对台工作的中央委员、人大常委罗青长,竟然在北京接见我,请我在他的办公室喝茶、吃点心;我却仍然未能从他那里获得任何关于薛、姚事迹的只言片语。这次"接见"让我隐隐感到:自己的公婆可能并不是"冤枉"的,但至少目前还没有任何人或单位会出面作证。"真相"依然遥不可及,而且似乎更难企及了。

(关于罗青长:1975年12月20日晨,病危的周恩来提出要见罗青长,工作人员请示中共中央政治局时,"四人帮"尚未起床,迟无答复。时任国务院副总理的邓小平闻讯当即表示:"这个时候了,总理要见谁,就见谁,不用请示!"罗青长赶到医院,周恩来说:"青长同志,我的时间不多,咱们抓紧时间谈工作吧。"听完罗青长有关台湾工作的汇报后,周恩来嘱咐:"不要忘记那些为人民做出过有益事情的老朋友……"随后周恩来陷入昏迷。再度苏醒后,周恩来对罗青长说:"我实在疲倦了,让我休息十分钟再谈。"直到下午1点多,周恩来又苏醒,但是神志已不太清楚。罗青长不得不退出,他也成为周恩来最后召见的人(见田雪鹰《周恩来的"最后一次"》,《百年潮》2019年第9期)。

之后我去福州,见到仁民伯父、坤榕伯母及薛家的堂弟和堂姐妹们。当时距离"文革"结束仅三年的时间,感觉人们的情绪仍然压抑,跟伯父、伯母并未能倾情谈心。(我当时还不知道那些以伯父的名义、写着"肖钊"名字的致命"家书"的存在,所以没有机会向伯父探问这些事。)整体印象是物资明显匮乏,年轻人上中学时就都"上山下乡",没有机会接受高等教育,心情极不舒畅。刚退休不久的伯父,原是外科主治医师,虽然早年曾响应"抗美援朝"赴前线担任军医,"文革"时还是逃不过浩劫,被冠上"反动学术权威"的帽子,受到扫街、敲锣公告自己"罪名"的种种羞辱。更可笑的是红卫兵搜家看到介民的军装照片,以为是仁民,硬说他偷偷当过"蒋帮伪空军";及至发现他们有亲人在台湾,更是坐实了"特务"的嫌疑,有理也说不清。仁民对介民后来在台湾的情况了解多少不得而知,但在这种时候,就算确实知道介民的身份,说出来不仅没人相信、无济于事,甚至可能为他和家人带来更多的麻烦。"文革"结束之后不久仁民退休,1985年病逝,也始终未能得知介民和明珠后来的真相。

两个同时来到世间的孪生手足,少年时须臾不离,却在历史的大洪流中被冲散,各自承担了人生的重负和劫难。直到生命的最后时刻,隔着世间最遥远的人为的深渊,都无法彼此呼应。

1980年,小凤与丈夫、女儿赴美定居。婚后的小凤在台北家中,竟然还常有地方上"派出所"的警员来"关心"查询,暗示她仍然处在被监控的情况之下。帮助小凤举家出国,是哥哥和妹妹稍有能力就进行的事。龙、凤、凰三个孩子,终于全都离开了那个伤心可怖的地方。小凤一家在加州定居,生活平静安稳。小凰一家后来从南美洲回到了美国,孩子们都健康成长,小凰也一直坚持工作自力更生。

1988年12月,已升任加州大学医学院正教授的小龙,在离开十八年之后，应台大医学院的邀请首次回到台湾。他从台北善导寺请出父母亲骨灰盒，随身带回美国。次年5月，安葬父母骨灰于圣地亚哥 El Camino Cemetery，一个宁谧美丽的墓园，有着大片的青草地，遥遥眺望太平洋。

就是这里——加州圣地亚哥，1945年2月，二十九岁的中国空军中尉薛介民登陆美国，随队赴得克萨斯州接受美军飞行训练。四十三年之后，他的儿子带他重返他的子孙定居之地。

第九章　白鸽木兰

从1998年起，由于大陆那边完全问不出头绪，我决定转而在台湾搜寻有关公婆案情的信息，但不知该从何处着手（那时台湾的"国家档案局"还未成立，更遑论对外开放）。我联系上姚勇来的女婿吴义男（也是政治犯，翁婿是在监狱里结识的），他建议通过律师查找资料。他推荐一位经办政治犯案件的钟姓律师，钟律师收了少许定金之后答应试试看。但一探听即被告知："军法审判案情不得公开。"连第一步的申请都不受理。

我不免感到气馁，也没有人给我打气——三兄妹对于"寻求真相"的矛盾心情，是完全可以理解的。他们经历过极度的伤痛，多年后好不容易止血结疤，再去碰触需要相当大的勇气。小龙固然希望知道这些年来他背负的是个什么样的十字架，但要回到记忆的暗黑泥泞中爬梳碎片，不要说他难以承受，我也不忍。所以在他的默许之下，我开始了独自的寻索。每次回台湾坐在越洋的飞机上，心头就浮起这两句诗："路漫漫其修远兮，吾将上下而求索。"

首先我要查询的是官方的记录，既然法院那条路行不通，我想到从死亡证明来寻找蛛丝马迹。居住国外多年，实在不知道该从何着手，这种事也不想找人帮忙，于是我用了最笨的方法，跑了几处区公所，终于在2000年的夏天，出现了第一线曙光：我向台北市大安区户政所取得有关的证明——户籍的死亡证明及台北市卫生局的火葬许可证。介民和明珠两人的证明书除了姓名之外内容全都相同：日期、时间、死因"枪决"、死亡地点"安坑刑场"、火葬场所"台北市火葬场"。由死因和地点可证明两人皆为政治犯。证明的影印件拿到手中时，我激动得双手颤抖，迫不及待地用户政所的公用电话打给陈映真先生，告诉他这一重要的发现，因为陈先生对这件事一直非常关心。

有了证明文件，陈映真先生告知我：三兄妹可以向"财团法人戒严时期不当叛乱暨匪谍审判案件补偿基金会"，以受害者家属身份申请补偿，也许可以借由该机构的审理调查而得知此案的一些内情。这个"基金会"的成立来自1998年的《戒严时期不当叛乱暨匪谍审判案件补偿条例》：国民党当局在台湾地区从1949到1987年实施了长达三十八年的《戒严法》，残暴镇压共产主义者、民主运动人士，以触犯"内乱""外患"罪，或"检肃匪谍条例"的罪名，执行死刑、徒刑、交付感化教育，或没收财产。当局为处理过去戒严时期的暴行，制定了补偿条例，邀请学者专家、社会公正人士、法官及受害者或其家属代表等，来审理申请补偿的案件、处理补偿事宜；受害者本人或家属可以通过这个机构申请补偿金。在完全找不到档案的当时，我想这是最后一条路，希望通过申请赔偿而得以一窥"内幕"。

第九章　白鸽木兰

陈先生介绍我认识基金会的董事林至洁女士，林女士亲切地提供给我向基金会提出赔偿申请的手续资讯。林至洁女士原名林雪娇，郭琇琮医师夫人。郭琇琮（1918—1950），台湾社会运动参与者，中国共产党党员。1944年因预备武装抗日而遭日"总督府"逮捕判刑五年；1945年台湾光复，郭琇琮从台北帝大医学部毕业，从事公共卫生防疫工作。1947年"二二八事件"后加入共产党，成立台湾省工委台北市工委会，参与了多场联合运动及兰阳地区、嘉义地区的组织运动。后来组织遭破坏瓦解，1950年5月与妻子林雪娇在嘉义双双被捕，拘禁在现今西门町宝庆路上的宪兵队建筑内，11月28日即被带往马场町枪决。直到2018年10月5日，"促进转型正义委员会"才正式撤销有关郭琇琮"共同意图破坏国体，以非法之方法颠覆政府而着手实行之有罪判决"。

也是经陈映真先生介绍，我访问了老政治犯、40年代"福共"黄尔尊先生（1957年被捕，关押十八年，直到1975年被释放），因为他与薛、姚大约在同一时间关在同一所监狱，我希望能听到些许第一手的信息。黄先生1957年先到保安处，1958年在青岛东路3号军法处看守所，在洗衣工厂，可以看见女犯；他说可能见过姚明珠，但是不是她也无法确定，说有好像喜欢穿绿色衣服的印象，云云。他还说：牢里一人一天十二两糙米，克扣后剩九两，菜里无盐，犯人普遍浮肿……至于其他就没有更具体的资料了。我的寻索又胶着了。

2002年6月，龙、凤、凰三兄妹获台湾"财团法人戒严时期不当叛乱暨匪谍审判案件补偿基金会"赔偿，却没有得到任何有关父母亲案情的具体信息。(结果是:这个希望必须等到"国家档案局"成立、"白色恐怖"时期的案件记录对民众开放之后,才得以窥见一大部分的原始资料。)起初,小龙对于是否要这笔"血钱"有所犹豫,但"基金会"的朋友相劝:父母亲坐牢受刑多年、最后被取走性命是血淋淋的事实,无辜的孩子们承受的苦难绝对应该有所补偿;而身为兄长,也是小龙对当年无力照顾的妹妹们做出补偿的机会。无论自己有没有需要,这笔钱可以用在更有意义的地方……兄妹们想通了,决定用来报答在他们最困苦的时候帮助、照顾甚至抚养过他们的恩人,并且捐赠贫困孤儿奖助学金。其中一处,是小凤以父母亲名义在家乡仙游后蔡村捐赠成立的"介明欣欣小学"。

福建仙游后蔡村介明欣欣小学(介明欣欣小学校长提供)

但真相依然不明。我继续追寻，有时真有大海捞针之感。2010年，我抱着姑且一试的心情在Google（谷歌）搜索薛、姚名字，赫然发现有一篇怀念"空军英雄毛履武"的文章——《深切怀念毛履武叔叔：蓝天白云的日志》。毛履武这个名字我是有印象的，因为出现在"起诉书"和"审判书"里；而这篇文章竟然提及"薛介民"这个名字！文章的作者说，叔叔毛履武告诉过他：自己当年是受同学兼好友薛介民策反而投诚的。可惜毛履武早已不在人世，也不知如何联系这位作者。

然后在网上我又发现另外一篇文章，更是离奇，竟称谍战电视剧《潜伏》（2008）的主角余则成，原型是一位名叫薛介民的国民党军官……为了这句话，我把《潜伏》一口气看完，知道这个附会实在太过牵强，但对提出这个论点的人的身份非常好奇，却苦于找不到来源。

随着互联网Web2.0时代的开启，信息和寻找的人能够彼此连上的可能性大了许多。2012年2月，一个后来回想起来无比重要的日子，我像平日一样，过一阵就"谷歌"一下薛介民、姚明珠的名字，看看有没有新的词条，忽然发现"姚明珠"的名字出现在一个网站里，有人在那里写"巾帼英雄姚明珠"！一时间我的心跳加快，立即上网站联系站主，说我是姚明珠的后人，请问他是谁，怎么会知道关于薛、姚的事情……焦虑的几天等待之后，2月28日，一个难忘的日子，站主唐先生回信了！

唐先生的父亲是空军"官校"二十三期，和介民一样，抗战期间也在印度和美国接受过飞行训练；在美国通过书报刊物接触到进步思想，回国后不愿投身内战，秘密成为中共地下党员，与林城建立了联系。1949 年 3 月，唐父与另外两名飞行员驾驶 C-47 型运输机起义投共，由于天气恶劣而迷航，在内蒙古的翁牛特旗（当时属于热河省）坠机，三名飞行员跳伞生还。至今当地牧民还保留了几块飞机残片。

唐先生在 80 年代因为父亲的关系结识了林城，称他为"林伯伯"；从"林伯伯"那里，他知道了介民、明珠的名字和他们早年的事迹，甚至还收集到一些相关材料。我与唐先生联系上之后，再经由他通过他父亲的世交陈致远先生（后面会详细介绍这位陈老先生）联系上"有关单位"，才确认了薛、姚的烈士身份。像打开了一扇又一扇的门扉、掀开一只又一只盒盖，我陆续查找到更多的第一手资料，甚至还见到几位硕果仅存的故人。可惜的是，最关键的人物林城早在 1982 年就去世了。

关于林城/林建神这个人，他与明珠有关的个人资料都是唐先生提供给我的，其中有些是林城亲手书写的文件。看着那些字迹的时候，我有时会恍惚起来，幻觉这些纸张字迹是在漫长时空里静静等待了几十年，像关在密封瓶中的精灵，等待着一双眼睛，替代那位叫作姚明珠的女子，将它们打开、唤醒、阅读……

林城/林建神 1919 年出生于福建古田杉洋村一个牧师家庭，1938 年秋考进福建医学院，1939 年加入"中华民族解放先锋队"（"民先"）；翌年，由同学姚明珠和庄子长介绍，加入了中国共产党；并与姚明珠、庄子长、庄劲一同担任医学院党支部委员。（"福医"校史有记录：当时支部书记孟琇焘、组织委员庄子长、宣传委员庄劲、妇女委员姚明珠、青年委员林建神。）他积极配合中共党组织发动抗日救亡运动，开展反迫害、反饥饿、反奴役的抗争。

1941年，林城也是与姚明珠一起在崇安被捕，关押在梅列集中营。经校长保释出狱后，原组织已遭破坏，他返校恢复学业，同时积极寻找党组织，最终与中共闽江工委取得了联系，继续开展革命活动。1944年夏，林城从医学院毕业，实习后于次年被征调为国民党空军少尉军医（当时规定医学院毕业后要服军役一年）。1945年秋，随军迁至南京国民党空军医院就任军医，并且与中共上海局、中共南京市委取得了联系。明珠次年在南京重逢林城，意味着不仅是老同学、老战友的重逢，更是她与失联四五年之久的党组织又联系上了。

关于1941年姚明珠在武夷山被捕事件，除了林城的追记，还有当年两位福建医学院同学的回忆资料作为旁证。当年"福医"的同学刘景业（1938年考入"福医"，1940年加入中国共产党，抗战期间曾任中共福建医学院支部书记，组织学生在闽北宣传抗日，发动学生投军抗敌），在《七十七年前学校对面的芦苇荡中，我们唱起〈国际歌〉》口述回忆一文中回忆道：

> 当时除了学校的学生，还有的抗日宣传队是从延安过来的，在此期间，西南联大还有个巡回宣传队来演话剧、做宣传。……在那个时候，院刊刊登了很多政治思想的文章，当然，也有科学思想的文章。虽然没有明目张胆地宣传进步思想，但是院刊仍旧在引导学生求学上进方面起了很大作用。……1940年6月，那个时候刚刚临近放假，有一个晚上，我们十几个人都通知到了，当时学校的主要交通是在南

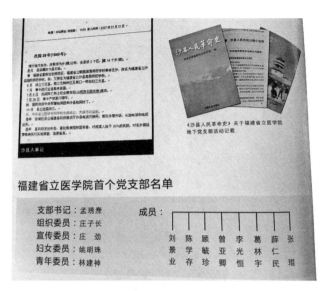

"福医"校史馆记录的首个党支部名单

门,西边是公路。校门口有个小浮桥,我还记得那个浮桥下的水,很清很清,可以一眼望得见河底。我们还在那里游过泳。我们几个人走过医学院门口的浮桥,在医学院对面的芦苇荡里,那里茅草很多,外面看不见里面的人。孟琇焘起了个头领着大家,还有庄子长、庄劲、姚明珠、薛仁民他们都在,……大家不敢大声,就在草丛里低声地唱起了《国际歌》。孟琇焘简单地给我们讲了党的方针政策和思想。然后孟琇焘带着我们庄严宣誓,从那一天起,我光荣地入党了。因为形势比较危险,学校里到处都是特务,我们不敢多逗留,也不敢多声张,整个过程非常快地结束了,大约就十几分钟的样子。……记得当时一起入党的有好几个人,其中一位同学叫葛林宇。

"福医"校史馆展台照片及其中关于林城(林建神)的介绍

《国际歌》的歌词:

起来,饥寒交迫的奴隶,起来,全世界受苦的人!
满腔的热血已经沸腾,要为真理而斗争!
旧世界打个落花流水,奴隶们起来,起来!
不要说我们一无所有,我们要做天下的主人!

这是最后的斗争，团结起来到明天。

英特纳雄耐尔，就一定要实现！

这是最后的斗争，团结起来到明天！

英特纳雄耐尔，就一定要实现！

据另一位"福医"同学林荣澄（就是前面刘景业提到的葛林宇）在1997年致中共福建医大党委的《我的片段回忆》中叙述："（1940年）10月间，同班同学李光恒找我，说一班同学林建神想和我谈谈。……当时我们的共同观点就是，要想取得抗日战争的胜利，必须由中国共产党领导。……在一个深秋明月夜，走过纤纤浮桥，在对岸公路边小山坡上的一个旧庙里，召开了有孟琇焘、

沙县土地庙
（福建医科大学提供）

林建神、庄劲、庄子长、姚明珠、李光恒和我七人参加的会议。会议由孟琇焘主持,会议决定接纳李光恒等为中共党员,并就如何在学校开展工作做了研究和部署。会议直到深夜才结束。"

至于为什么上武夷山,综合了几宗第一手的回忆资料,七八十年前的那段历史就渐渐浮现了:民国三十年,1941年1月,发生了震惊中外的"皖南事变"(又称为"新四军事件")——抗战"国共合作"时期,新四军是国共合作抗日的产物,为共产党辖下、由叶挺担任军长的"国民革命军新编第四军"。新四军与国民党辖下的国民革命军第三战区部队之间,屡有军事摩擦。1月4日夜里,新四军在安徽南部的茂林地区,遭到国民党军队重兵包围袭击;新四军总部九千余人,除两千人突围幸存外,大部分阵亡或被俘。军长叶挺被捕监禁五年。《新华日报》发表了周恩来的"为江南死国难者志哀"和"千古奇冤,江南一叶;同室操戈,相煎何急?!"的十六字亲笔题词。新四军所属军部兵力和皖南部队遭到了严重的损失,"皖南事变"使得国共合作成为泡影。

据刘景业回忆:1941年1月的"皖南事变"发生后,形势越来越紧张。国民党对所谓"异党活动"的限制和镇压更趋严重,还在三元县设立梅列集中营,专门关押和审讯共产党员、爱国人士和进步青年学生。当时,学校内部很紧张,有很多学生特务,眼睛都瞪大了找地下党。

于是1941年1月底,孟琇焘、庄子长秘密通知刘景业,在校门口公路边茅草丛生的土地庙里开了个简短的碰头会。碰头会上,姚明珠与林建神、庄子长、庄劲四人对刘说:因为身份可能泄露,怕带来危险,他们应孟琇焘传达上级党组织指示,支部书记和支委们都得离开医学院,"撤离"到崇安县武夷山一带的福建中共省委山区游击根据地(中国共产党早在1933年就在武夷山成立了苏维埃政府)。

孙坤榕收藏的明珠的照片,背后的题词"坤榕:我宁愿跟真理做个小鬼,而不愿跟虚伪携手,做个安琪儿!明留言。1941,1,6"。如此激越的小照题词,何以致之?看日期才明白:那正是"皖南事变"发生之后的两天!不久,明珠借口去永安找弟弟,带了小提箱出门,中途在建瓯小旅店过夜,然后乘车到崇安;却在崇安县城门口由于特务同学出卖,而遭国民党军截获被捕。(出卖他们的特务同学,其中有一位姓陈的,后来去了台湾,在"行政院"的医疗单位任职,与老同学们常有往来。)据刘景业回忆:四人被捕后,国民党特意把他们先押回医学院,从校门口的浮桥走过"示众",再押送三元镇梅列训导营(国民党的"福建战时青年训导营",梅列区今属福建三明市)。

林荣澄(葛林宇)回忆:"由于林建神、庄劲、庄子长、姚明珠在开展工作时引起了国民党特务的注意,因而在同年(1941)寒假时,被特务学生盯梢,导致被捕。在押送往梅列途经沙县时,许多同学前往探望。后来,三班同学刘景业向我和李光恒介绍了四同学的被捕经过,并提醒我们冷静沉着,应付可能发生的情况。"

在梅列训导营感训一年之后,四人被迫登报"自新",由校长出面作保,才被释放。其间曾遭残酷的刑求。孟琇焘则转移到闽赣边界的江西上饶、铅山等县。

最具体的第一手材料当是同行的林建神（林城）的回忆：他于1940年年底在福建省立医学院学习时，由庄子长介绍加入中国共产党。1941年1月，在"皖南事变"之后不久，福建地下党组织派庄子长率领姚明珠、庄劲及林建神撤离医学院，前往武夷山根据地，并交代庄子长在到达根据地后出示秘密介绍信等。当时崇安已被国民党"保安团"包围三个月。在抵达崇安城门时，庄子长、姚明珠和林建神三人，即因形迹可疑被捕；庄劲从另一途径进入武夷山根据地后，也在敌人的围剿中被捕。庄子长和姚明珠持有乔装夫妇关系的通行证，投入崇安监狱后遭到多次刑讯，庄、姚二人因口供不符，身份完全暴露。（可见两人只是伪装为夫妇，并无夫妇的实际关系，才会在刑讯时彼此口供不符而被识破。）当时林建神持有另一种通行证，顺利通过了检查站，到了约定地点没有看到同学，便又返回去找，就被逮捕了，在严刑审讯下才被迫承认。一个月后，四人被押送到"梅列训导营"。同年10月，庄子长、姚明珠、庄劲和林建神等在"脱离中共宣言"上签名。

1982年林城在北京病逝。他为国家出生入死，鞠躬尽瘁。国共内战期间，他在空军和海军、幕前或幕后，成功进行了大量的策反工作。他传奇的一生，可能是任何谍报剧的主角都难以望其项背的。然而就像无数地下工作者一样，他遭受的猜忌和迫害难以言尽。后来虽然平反，但在"北大荒"劳改期间被摧残的身躯已经无法复原。但即使在病痛困顿中，林城依然念念不忘当年的同志，生前（估计是80年代初）曾写报告给中央，题为《缅怀在台湾被蒋帮杀害的战友薛介民、姚明珠》，内有："薛介民二（之？）子，父母亲被台杀害后，留美，学理科。美籍华侨，1978年曾回闽（或国？字迹不清）探亲。"然而受文单位竟未设法联系，子女当然更无从知晓。二十年就这样过去了。

　　直到2012年10月，我在北京由唐先生陪同见到"有关单位"负责人士，终于当场得到寻求多年的证实。同时唐先生带我拜会了为此事证实的关键人物——陈致远老先生。陈致远亦名陈志远，本名何友恪，原籍福州，民国时期从福建马尾海军学校毕业，曾赴英国接收"重庆号"，任"重庆号"舰长秘书，后调任海军总部人事署任参谋。林城早年在国民党海军的策反活动，主要就是通过陈致远行动的。1949年4月，陈致远利用担任"重庆号"舰长秘书的便利条件，参与策动"重庆号"巡洋舰起义。他也利用海军司令部人事署人事参谋的身份，参与策动国民党海军海防第二舰队集体起义。他还参与策动国民党海军驱潜舰"永兴号"、护航驱逐舰"灵甫号"的起义。后来在林城的推荐下，陈致远赴香港随林城继续从事对台的工作，又策动国民党"联荣号"登陆舰的起义（这是国民党海军的最后一次起义）。电影《长虹号起义》中很多情节就是根据陈致远的经历和他提供的素材写成的。关于他，还有一本书《陈志远传奇：国民党海军五次起义纪事》（作者王俊彦）。

　　2013年4月12日，薛、姚牺牲整整五十年后，龙、凤、凰三兄妹及长孙薛明、长外孙薛雷森（小凰长子，出生在南美哥伦比亚，就是本书开头出现在"中正纪念堂"那个长着西方人相貌的男子）终于在北京参加了烈士追认、授受烈士证书仪式。

《陈志远传奇》书影

成都太平寺机场（2013）。七十多年前，介民在这里展翅

8月，小龙和我在成都见到李振兴（李梦/李鼎成）、刘邦荣（十一大队同袍，2006年年底即写信给有关部门要求查证薛、姚事迹及寻找后人）、来华（朱铁华夫人，朱已于十年前病逝）等几位长辈。在朱、来的儿子朱勇安排和刘老的陪伴下，我们参观了现已不对外开放的成都太平寺机场，遥想当年介民和他的同袍们在这里练习飞行的情景。

九十高龄的李老，竟能在有生之年见到故人之子，激动之情可以想象。他紧抓着小龙的手，热泪盈眶，说："我在冈山见过你！"1949年3月，李梦去到冈山见介民，以及其后在台北新公园见到明珠的详情，终于有了第一手的说法：

受中共华东局派遣的联络员李梦，来到薛家传达两条林城的指示：第一是传达地下党的意图，争取空军飞行员驾机起义。第二是在薛、姚家中奉组织之命，由他和薛介民一起履行毛履武的入党手续。他写了一张字条，手续完成后当即烧掉了字条。此时毛履武并不在台湾，而在西安，李梦嘱咐由介民转告毛履武此事。另外，还有一封林城致介民同学，亦是同事的陈绍凯的亲笔信，要介民转交。

（后来李梦也为林城带口信到空军医院化验科主任张绍桢的岳父家，但未见到张本人。张是由林城发展的，后来与薛、姚同案。但李梦并不认识另一同案李和玉，也从未见过他。）

李梦离开冈山后为了避免被跟踪，先南下到高雄隐蔽，然后再回到台北。他在台北时接到姚明珠约定见面的信，信中以"看电影"为掩护。接到信后，他当即冒着大雨骑车赶到台北新公园（现改名"二二八公园"）；入园后不远，在栀子花丛下看到一个女子的身影和一双白色的皮鞋。当时,他并没有完全看清姚明珠的模样;他走过去时,姚明珠也同时走向他,挽住李梦的手臂扮作情人的样子,边走边谈。

姚明珠很简短地告诉李梦"赶快走",并把自己手指上的戒指摘下交给他,说以备路上的不时之需。李梦表示他不能要,薛、姚有孩子更需要钱。随后,他们走向公园大门方向,姚明珠正色告诉李梦"你不能出问题",她比着自己的手:"我们是手指,而你们是手腕。"之后,明珠目送李梦先离开,自己才随后离开。明珠的果决、慷慨和气度,六十多年之后,年过九十的李老先生,追忆起来依然历历在目。[1]

另一位介民的老友同袍刘邦荣,早在 2006 年就给中央写信,信中列出薛介民的事迹:要求关怀薛、姚夫妇遗下的孤儿的下落。2015 年 8 月 24 日,当时九十五岁高龄的刘邦荣老先生,亲笔写下对薛介民的回忆;两年之后,带着太多对昔日的追忆和感慨去世。

唐先生的父亲与林城熟识,林城生前唐先生也见过他多次,亲耳听他提起过薛、姚的名字,所以后来才会在互联网发布关于薛、姚的事迹,让我看到。从林城公开的资料中,我找到与介民、明珠有关的珍贵的史料:

根据林城向党组织提供的材料《俞渤等同志驾机起义纪实》(估计写于 1981 年左右)中证实:1948—1949 年间,他在空军飞行员中的策反组织工作之一,是"通过空军士官学校毕业的飞行员薛介民,发展了朱璧谱、毛履武、刘邦荣等人"(见萧邦振《飞向新中国》附录一)。7、8 月间,介民举家搬到南京光华门外眷区宿舍，邻近林城家，往来更为密切。应该就是在那段日子，明珠恢复了党籍。在医学院时，明珠比林城先入党，但此时的林城就成为她的上级了。1948年11月，介民也加入了中国共产党。1948年11月底，介民先随训练司令部搭机迁台，行李则由轮船托运。行前林城交付了他赴台后的任务。

毛履武的长子毛军贤也是通过唐先生联系上的。军贤也提供了一些他父亲生前留下的材料，其中提及"薛介民"的部分与我所收集到的完全一致。

2014年，4月22日，终于，介民、明珠回家了！他们回到大陆，安葬在北京八宝山烈士陵园。

之前的清明那天，我专程飞到圣地亚哥，亲赴墓园向公婆默祷报告，告慰他们的在天之灵。然后攫取坟上一抔土；还有介民的军官制服纽扣和明珠的一缕头发，一同带去北京。三兄妹及孙儿薛天晴、外孙薛雷森参加了安葬仪式。我们捧着父母亲的灵盒，从王府井乘车上八宝山之前，特意取道天安门广场，绕行人民英雄纪念碑一圈，在心中对着父母亲默祷。

安葬仪式庄严肃穆，由一名礼仪官主持，六名军装卫士护驾。前来参加的还有几位故人的子女：林城和郑肖钊的女儿、朱铁华和来华的儿子、毛履武的儿子、朱璧谱的女儿、刘邦荣的儿子……当然，还有最关键的人：唐先生。

在仪式上，小龙以《我们的父母亲》为题目致辞：

我们的父亲薛介民是一位优秀的空军飞行员。年轻时因为国家受到侵略，毅然离开医学院投笔从戎，进入空军士官

介民、明珠长眠故土

飞行学校，1942年从官校特班驱逐飞行科毕业。抗日战争中曾经击落多架来犯的敌机。1945年远赴美国亚利桑那州鹿克机场，接受战斗机飞行训练。我们的母亲姚明珠是一位极有爱心、关心妇幼健康的医生。他们两人是青梅竹马的表兄妹，感情始终非常好。我们兄妹三人生长在一个幸福和乐的家庭里，直到我十岁，我的妹妹一个八岁、一个六岁那年，父母亲忽然被逮捕入狱，从此再也没有回来，而我们根本不知道为了什么原因。父母亲在坐牢五年之后，在1963年的农历新年初七那天被双双处决。父亲的阴历生日是正月初八，差一天他就满四十七岁。别人都在欢庆春节，我们却是家破人亡，成了三个孤儿。

直到很多年以后我才知道了真相。原来父母亲是为了新中国，义无反顾奉献自己、牺牲生命的。母亲早在1938年就参加了中国共产党外围组织"民先"（"中华民族解放先锋队"），1940年加入中国共产党，是福建医学院第一位女性党支部支委。1948年，也就是我出生的那年，父亲也加入了中国共产党，在国民党撤往台湾前夕，接受地下党秘密任务，以国民党空军军官的身份，策反空军同仁驾机起义。当年驾机起义的飞行员有的成功，有的壮烈成仁，新中国的空军队伍可以说是从这批爱国志士开始的。

1948年底，我的父母亲在地下党的指示下，到台湾继续为党和国家工作。父亲继续空军内部的策反工作，母亲也曾经帮助潜入台湾的同志脱离险境。不幸到了1958年9月，他们的潜伏身份暴露，两人同时被逮捕。直到1962年底才判决、1963年初执行。调查审讯的时间长得可怕，可是后来台湾就再也没有与空军有关的案件了，可见虽然他们被严酷审讯了四五年之久，却未招供或连累其他同志。

我们当时年纪太小，不知道父母死因，而且在当时台湾的政治氛围之下，我们也为自己身为"政治犯"的子女感到恐惧和羞耻。但我们始终相信父母亲是正直的好人，他们一定是被冤枉的。到我长大以后，接触到中国现代历史，才开始思考另一种可能：父母亲并不一定是被"冤枉"，而很可能确实是共产党，为了他们的理想求仁得仁。

我在1970年得到美国大学研究所的奖学金，离开台湾到美国留学，取得博士学位、担任大学教授。从1978年开始每隔几年就回国，一方面为了寻找父母死亡的真相，另一方面也应用我的专业，协助国内刚起步的生殖科学研究。可是我寻找了三十多年都得不到结果，后来只好放弃。但同时也目睹了这些年来新中国的巨大变化，看到人类历史上在最短的时间里最大的经济成长。在中国共产党的领导下，勤奋聪明的中国人民建设了世界第二大的经济体，然而同时也很遗憾地看到一些党员变得十分腐败。

在这寻找真相的三十多年里，不单单我们三兄妹是孤儿，我们为国牺牲的父母也没有归宿。幸运的是我父母亲从没有见过面的儿媳，我的妻子，她当年不仅没有害怕我的出身背景，愿意嫁给我这个"政治犯"的孩子，而且后来不断积极地在台湾和大陆找寻历史真相，因为从父母亲留下的书信，她也相信她的公婆是热爱国家、有理想、有正义胸襟的人。终于在两年前,她结识了唐先生。唐先生的父亲当年也是空军里面的中共地下党,负责飞行员中间的策反组织工作。在唐先生的大力协助下,我们与有关单位在一年多前联络上,我们终于得到了追索已久的答案,了解了父母亲的真实身份和历史真相。而父母亲作为党员和烈士的身份,也在去年得到党和国家的正式认证。

虽然我们永远不会知道,父母当年与子女诀别时的心情,但有一件我认为是意义深长的事,就是1955年,父母亲把我们兄妹三人的名字小龙、小凤、小凰正式改为人望、人星、人华。多年后我才领悟:"人"指的是中国人民,而"望""星""华"三个字的意义,就是"希望""红星"和"中华"。

父亲在就义之前写的绝笔信中有这样几句话:"木兰溪水长久在流,白鸽岭高壮地站立,乡亲至爱之恩永不能忘。"木兰溪、白鸽岭,都是我们福建家乡的山水,而所谓"乡亲至爱之恩"当然是指他的祖国。这封信写于1963年1月18日,那天正是我十五岁生日。十三天之后他便就义了。至今仍然记得,他们就义之后我们三兄妹去认父母亲的遗体,他们躺在冷硬的石板上,那种凄凉的情景,永世难忘。对比今天,他们留下的三个儿女都走过无比艰辛的路程,可是也都坚强地长大成人,对人类做出了一定的贡献。还有孙辈们,也都以他们的祖父母、外祖父母为荣。而今天,党和国家以庄严隆重的仪式迎接他们回来,假如他们在天上有知,他们信仰服从的党,在他们牺牲半个世纪之后,正式迎接他们回到祖国，长眠在八宝山，让他们的英灵与志同道合的烈士同志们为邻，他们一定会感到非常的安慰。

对我们三兄妹来说，失去的父母亲是永远不会回来的，只希望党和祖国的后代，能够记取并且发扬先烈的精神，父母亲的牺牲才有意义和价值。

之后将父母亲的灵盒安置在灵堂两个相连的壁龛中，覆盖党旗祭拜。同时也请下室中五位在台湾牺牲的烈士的灵盒，向他们行礼，作为清明的祭拜。

那天下午，我们一行人参访了西山无名英雄烈士广场，找到刻着父母亲名字的石碑，用手指轻轻抚过那两个名字的一笔一画……多么希望他们天上有知，能够看到此情此景。

一笔象征性的"烈士抚恤金"，兄妹们用来作为种子基金，成立了一个冠名（父母亲之名）的持续性的助学金。

2015年5月，小龙再以父母亲的名义在家乡福建成立助学基金，捐赠奖学金给母亲的母校福建医科大学及家乡莆田的教育局，由他们甄选需要帮助的学生。我们在福建医科大学参观了校史展览，姚明珠与林建神这两位校友的事迹展示在图书馆校史厅里。（后来展厅扩建，薛介民的名字也呈现了——"福医"承认他是"校友"了。2019年，校方将校园里一条路命名为"姚薛路"，并在路名牌上用中英双语介绍了姚、薛二位的事迹。）

在莆田，我们见到当地人称为"家乡河""母亲河"的木兰溪，还走上了溪上的水坝"木兰陂"（千年古坝"木兰陂"在2016年荣获"全国十大最美水工程"称号）；也看到了白鸽

北京"西山无名英雄烈士"广场

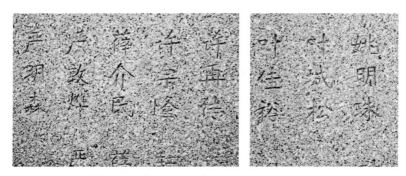

"西山无名英雄烈士"广场上刻的名字

第九章 白鸽木兰

木兰溪上的水坝

岭——莆田到永春的公路上,穿山越岭的白鸽岭隧道有4.2公里长;在隧道前就有两只美丽的展翅白鸽的雕塑。此时我们才算亲眼看见了父亲最后遗言的画面:"木兰溪水长久在流,白鸽岭高壮地站立……"介民一生的奉献、一世的热爱,在那难以言说的最后时刻,他托用家乡的木兰溪、白鸽岭来表达;当时的孩子还不懂,此时瞻仰白鸽岭、眺望木兰溪,有如面对父母亲的英灵,感受到他们严肃又慈爱的目光。

2017年秋天,我再次逐页细读介民跨时二十多年的日记、笔记、信笺;以及明珠的狱中札记和信件;也再一次深深地感谢张元凯、吴珍玉夫妇,是他们为介民、明珠的孩子们保存了这些浩劫余烬中的文件、世间最珍贵的"遗产"。孩子们出国时都怀着逃命的心情，不便也不敢带着这一箱"记录"上路；幸而张医师夫妇始终妥善地保管着，几经搬家、出国，最后还是安然无恙地交到了孩子手中。若不是这些第一手材料，我根本无法写下任何关于我的公婆的事迹，更无法隔着时空认识这两位对我的生命有如此重大意义的人。

除了这些最重要的第一手材料，我还找寻了其他陈旧的，或者新近觅得的相关资料。看完同时也下了很大的决心，让自己的心像穿好御寒的冬装那样做好准备，打开从台北"国家档案局"取得的薛、姚案情资料光碟，两千多页的审讯记录逐件翻阅，记下可用的重点。之后的许多个日夜，即使做了充足的心理准备，还是无数次感到心力交瘁，不忍卒读……

用着这些得之不易的材料，我着手撰写《白鸽木兰》。虽然，我相信我找到、看到的资料、档案，都只是事实真相的一部分，全貌依然还未完全显现；介民和明珠所担负的任务和做下的工作，绝不止这几份材料中所列出的；尤其是明珠于情理不合的死刑判决，暗示了背后更多待解的谜团。然而在现今的情势和状态下，我一时是不太可能知道更多了。至于台湾的"国家档案局"的资料虽然多达两千多页，但1960年4月到1962年6月，漫长的两年两个月是完全的空白，没有任何提调、审讯的记录，怎么可能？是尚未"解密"还是已被有意地销毁，一时也无从得知。但我知道，无论如何，提笔书写已是刻不容缓了。

通过书写，我试着保存那些险将湮灭在时间光尘中的真相，还原一段即将淹没在漫长战乱漩涡中的历史——这不仅是一个家族的，更是一个国家民族的，苦难、复杂、既卑微又高贵、既丑陋又美丽、充满仇恨又充满热爱的历史。虽然还可能存在着待启的密盒、待解的谜团，但愿在我的有生之年能够一一目睹，但目前我已尽我所能。二十年的求索实在太久，我已不想也不能再等待、再耽搁。我用自己竭尽所能寻找到的材料拼出的这幅图片，已经足以向父母亲的在天之灵交代。那些还未能见到天日的，就等待两岸都完全解密的那天的到来。希望到那时我依然能写，能将这幅壮丽拼图的最后几块补上。

愿这些文字为介民和明珠，以及他们那一代人，稍稍弥补他们为之奉献了青春和生命，却错过的、来不及看到的新的世纪，看到他们的孩子站立起来，为世间做出一些贡献；看到他们的孙辈们自食其力、健康成长，不再受苦于战乱、仇恨、匮乏、不公与不义……

时光无可挽回，历史无可改变。唯有通过这些文字，愿他们的在天之灵得到安慰，以及永生。

注释：

[1] 唐先生已在早先一年，2012 年 6 月 21 日，亲赴成都采访李梦/李鼎成，做了现场录音。这是唐先生的记录：

> 当年那段历史中，李是唯一健在并且是涉及核心机密的当事人了，在台湾"国防部军法局"破获薛、姚案的文件中很多次出现了他的名字。
>
> 提起薛、姚，李老伯眼圈红了，他说：我能活着回来

完全是这两位战友的及时通知。李老伯拿出他前几天才写的材料,并给我详细讲述台湾"国防部军法局"的文件中提到的一些细微的历史出入,李说:台湾对我的行踪竟然了如指掌!

李在六十三年前的1949年2、3月间第二次赴台的使命主要有两条:第一,传达华东局对在台国民党空军中地下党的指示;第二,是主持毛履武的入党手续。从李老伯的谈话中感觉到他其实还有第三条使命:那就是见空军第八大队的上尉分队长刘××,但是这个目的他没有实现,刘××拒绝相见。所幸台湾方面甚至到后来薛、姚案发时也一直对此没有觉察,否则,很可能导致一批空军飞行人员被抓。

李去冈山国民党空军军官学校(李老说是空军训练司令部)联系薛、姚时身穿国民党空军军服,那天正是周末休息日,因而李很容易就从警卫值班室得到了薛家的住址。

敲门后,李自我介绍说:"老林叫我来看望你们。"一切都已不言自明。通过访谈我明确了一点:在此之前,李与薛、姚并没有直接见过面,李老说:他们都是老党员了,直接关系在老林那里。李交给了薛、姚两封林的亲笔信。一封是给薛、姚的,另一封是给薛的同期飞行同学陈绍凯的。在美国飞高级时,薛飞了驱逐机,而陈则在轰炸(组)。此时的陈在国民党空军的王牌——第八大队,八大队是国民党空军的重轰炸机大队,全部是美制B-24重型轰炸机。此时的陈绍凯任第八大队的上尉分队长,可惜的是,1952年8月16日,陈绍凯和王××两位分队长同驾

3306号机在高雄执行模拟投弹训练，返航途中在嘉义阿里山撞山失事。同机的投弹手、领航员、射击员、机械师、通信士等全部遇难。

毛履武的秘密入党仪式是在薛家进行的，由李写了一张小纸条作为毛的入党手续，由李和薛作为介绍人，姚在场见证，仪式之后李老立即烧掉了小纸条。时间是1949年3月15日，此一时间李老伯特别强调了数次，可见他记忆犹新。（作者注：1949年3月15日是星期一，并非他前面说的"周末休息日"；前一天14日是阴历十五，可能因此李将那个星期天的日期记成15日。）而此时的毛履武则仍驻防在汉中的国民党空军第十一飞行大队任上尉作战参谋。李告诉薛：由薛设法通知毛履武。（毛履武于1949年6月15日于汉中飞西安执行侦察任务时甩掉僚机起义成功。）

李老说：离开冈山，他并没有直接去台北，而是与他的目的地相反——转身南下，李老说：长期的地下工作经验是当你执行一项任务后，见机行事，需要休整，耐住性子"猫"一段时间，以免被敌人跟踪盯梢。之后李老才再次北上到台北。

关于李与姚第二次在台北公园见面的经过，李老说：当天傍晚他正吃晚饭，收到邮递员送来的姚的信，按照约好的联系方式内容是约他"看电影"。李放下碗筷起身骑上一辆自行车就赶往台北公园。

李老说，那天雨下得非常大，甚至淹没了马路上的排水沟，匆忙中，他的自行车骑到了排水沟里，连人带车栽了下去，多亏那时年轻，他顾不得其他，爬起来继续赶路。到达台北公园时，雨刚好停了，时近傍晚，光线已暗，雨后的公园游人极少，一进公园就看到大门不远的栀子花丛下有个女人的身影在来回踱步，一双白色的皮鞋尤为明显。此时李并没有完全看清楚，李走了过去，与此同时那个女人也向他走来，那正是姚。姚用手臂挽住李边走边谈，姚低声而急促地说："李梦，你赶快走！"继而姚摘下手上的金戒指交给李嘱咐他路上用，并告诉李说"我们是手指"，她边说边比画着，"而你们是这里，"姚指指手腕，"你们不能出问题"。极其简短的会面，随后，李先行离开公园。

第二天，李即通过关系混入离台的轮船上扮作烧锅炉的工人离开台湾。

李老伯说：他当年没有被抓到有两个原因，一个是他化名太多，等到国民党当局查明这些名字之间的联系时他早已经远走高飞了，第二就是薛、姚两位战友及时地通知报警。

李老伯长叹一声：当年那些战友之间的感情，真是生死之交啊！

外一章　朱鹮送子的故事

附语：为什么附"外一章"？

写这篇《朱鹮送子的故事》的时候，不仅《白鸽木兰》尚未动笔，上千页档案的查阅工作也还没开始。当时的书写动机是记述一位科学工作者——他的研究课题和带来的影响，让我这"门外汉"也深感兴趣；至于他的成长背景，我虽深知但只约略带过。

《白鸽木兰》初稿写成时，我试着以一名读者——而不是作者——的眼和心来阅读；最后掩卷之际，心中泛起无数意念，其一就是：孩子……孩子们后来怎样了？

那个十几岁就经历了家破人亡的男孩，虽然书里提到他后来成了一名学者，但他具体为这曾给予他大创痛但也给予他温暖的世间做出了什么？父母亲的大爱，幼小的他还无法明白的，成长之后是否冥冥中给予了他感召？而他其后的人生，依然有跌宕坎坷；中年的他，又是如何以他热爱的科学去面对，甚至化解、升华？

于是我想到把这篇附在书后，是一个延续，甚至是另一种开始——烽火中的白鸽回不了故乡，但没有国界的朱鹮，可以担负起传说中带来新生命的象征……

2013年9月30日，《美国国家科学院学报》发表了一篇论文，内容是最新的妇女不孕症治疗法：有些已经多年没有月经、完全没有生育可能的妇女，医生取出她的卵巢，在体外用特别的药剂处理，然后再放回病人体内，使得卵巢功能恢复。这样的治疗方法，可以有效帮助卵巢功能提早衰退的病人怀孕，也可治疗癌症病人因化学及放射疗法而导致的不孕，另外还可能帮助因晚婚或晚育而不孕的四十到四十五岁的中年妇女。这篇报告不仅有基础研究，更有临床结果：一名经由这个疗法而生下的男性宝宝，现已健康成长。

不出所料，这篇报告在生殖医学界的不孕症领域，引起极大的瞩目，美联社、美国国家公共电台（NPR）、ABC、BBC、FOX News、《洛杉矶时报》等主流媒体都相继访问报道。美国《时代》（*TIME*）杂志在2013年年底选出"年度十大医学突破"（Top 10 Medical Breakthroughs of 2013），IVA（体外激活）的研发列为其中之一。斯坦福大学将之列为年度的"突出研究"之一（2013 Research Highlights）。

领导这个研究团队的科学家是一名来自台湾的华人，美国斯坦福大学医学院教授薛人望博士。他的研究团队里有中国人、日本人、美国人，还有瑞典人。

维京海盗的挑战

事情最早要从 2008 年 3 月薛人望的瑞典之行说起。他去瑞典探访老朋友、乌米亚大学教授 Tor Ny——这位名叫"雷神"（Tor，也就是雷神 Thor）的科学家，是薛人望二十年的老友和合作伙伴。其实薛人望跟瑞典的渊源很深，二十多年前瑞典乌米亚大学就颁赠给他荣誉医学博士学位。这次瑞典之行，除了研讨实验合作项目之外，薛人望还抽空去了"雷神"家的乡间度假小木屋。乌米亚离北极圈已不远，早春三月还是冰天雪地。薛人望在那里不但与"雷神"的家人越野滑雪、骑雪上摩托车，甚至还在几名瑞典朋友的鼓动下，从热腾腾的桑拿浴室飞奔出来，光着上身埋进雪地里，通过了"北欧维京海盗"的资格挑战。但更大的收获是他见到了华裔科学家刘奎。刘奎来自中国山东，年纪很轻但沉稳儒雅，在卵巢研究领域里是一颗上升之星；妻子也是华裔，已在瑞典行医。刘奎谈到他对初始卵泡"激活"的研究，触动了一个新的研究课题。

薛人望的研究领域一直是妇女卵巢。卵巢里的卵子颗粒以"卵泡"为单位，每个卵泡里有一粒卵子。从最小的"初始"卵泡成长到最大的成熟卵泡，在人体里需要六个月的时间，而每个月只有一千粒卵泡被"激活"，其他都保持着休眠状态。刘奎做出的成果是用遗传的方法敲除了小鼠卵子的 PTEN 酶基因，使得所有卵泡都能被激活，然后开始生长。这个重大发现的相关论文已经发表在极有影响力的《科学》杂志上。

这个成果激发了薛人望的研究兴趣。从瑞典回来后，他让手下一名博士后研究员，来自中国的李晶，用 PTEN 酶的抑制物（而不是用遗传的方法），在体外处理小鼠卵巢，将卵泡激活之后移植回小鼠体内，从而使得卵泡生长而得到成熟的卵子，再将这颗成熟卵子取出，在体外受精之后放回子宫，结果生出正常的后代。李晶先前在中国的指导教授、中国科学院动物研究所的段恩奎，在他的实验室成功重复了这项实验。薛人望将这个在体外激活卵泡的方法称为体外激活（In Vitro Activation，IVA）疗法。2010 年，薛人望和段恩奎的研究团队在《美国国家科学院学报》共同发表了这项成果。

奇迹宝宝

薛人望和家人就住在斯坦福大学的校园里。他每天骑自行车去实验室，午饭自带便当，平日不用手机，他说他反正不是在工作就是在家里，加上时不时就查看电邮，完全没有使用手机的需要；工作余暇做瑜伽、爬山、游泳，生活简单，极少应酬，却有同行朋友和工作伙伴遍布世界各地。

对于不孕夫妇的痛苦，薛人望有亲身的体会——而且是一个生命悲剧带给他的刻骨铭心的体会。

他和妻子原有两个儿子，老大聪颖乖巧，长相俊秀，弹一手好钢琴，几乎可以说是个完美的孩子；却在十三岁那年，忽然就在家附近的人行道上倒地不起，当时跟他一道追逐玩耍的五岁小弟吓得哭着飞奔回家……救护车来时孩子已经不治，后来才查出孩子竟然有先天性的心血管畸形，小时没有迹象，一到发育期在奔跑时就突然发生了致命的阻塞。晴天霹雳，薛人望和他的妻子承受着人世间最残酷的丧子之恸。在日复一日的煎熬中，他俩执拗地做出了一个决定：再生一个孩子。对于当时陷没在无边的悲痛苦海中的他们，这似乎是唯一的救赎。

但是这个决定却让他们——尤其是他的妻子，在其后的将近四个年头里，承受了另外一种痛苦：求怀孕而不得之苦。因为年龄已过四十，妻子自然怀孕的概率急降；从四十一岁到四十四岁三年多的时间里，她经历了俗称的"试管婴儿"（体外受精 IVF 程序）和其他各种人工辅助的方式希图怀孕，过程不仅昂贵而且辛苦，却还是以一次又一次的失败告终。最后她身心俱疲，几乎到了崩溃边缘，只好认命放弃了努力和希望。

却是在他们倦极放弃之后，忽然，难以置信地，薛人望的妻子竟然自然怀孕了！当时已届四十五岁"高龄"的她，自然怀孕的概率已经低于百分之五，连为她做过人工生育技术的医生们都啧啧称奇。孩子生下来，是个健康可爱的男孩，取名天晴，朋友们更喜欢称他为"奇迹宝宝"。

经历过这样一种生命的大起大落，加上切身的体会感受，使得原本就是从事生殖科学研究的薛人望，出自对高龄不孕妇女的同情心，对自己的工作更增加了一份使命感。

"小联合国"

虽然薛人望是研究基础医学的博士，他手下指导的研究小组却有一半是医生，他也一直对解决临床课题有很大的兴趣。他始终认为：真正成功的基础研究，应当是能够应用在临床上的。

薛人望与几个国家的研究机构都有合作，来过他实验室工作的人可以组成一个"小联合国",而近年他与其中一位年轻的日本医生河村,合作关系最为密切。河村是十年前被薛人望的日本老友、秋田大学医学院妇产科系主任田中,从秋田大学送来斯坦福做了两年博士后研究,回去之后还持续合作。薛人望的研究与日本渊源更深,从1986年第一次被北海道大学邀请参加会议作报告之后,二十多年来他的实验室有过将近三十名日本医生来做博士后研究。日本的医生对基础科学特别重视,对薛人望这样做基础研究的教授敬重有加。薛人望一向不喜欢旅行,为了参加科学会议不得不到世界各地,但他很乐意到日本开会,因为日本的邀请单位的接待规格总是特别周到礼遇,无微不至;而且会后都会安排富有文化特色的节目、观赏传统的庆典表演,让薛人望对日本的历史文化有了更多认识。田中是第一次去日本就结识的,他与这位高大英俊、极富幽默感的日本北方人一见如故,田中带着人望探访北海道名胜,甚至坦诚相对享受乡间的露天风景……从此不但是他俩,连两边的家人也结为好友。

田中先后送来好几位研究人员,其中这位年轻的河村沉着聪明,有着日本人认真负责的态度,而做实验的技术尤其精密细致,不惮其烦。有人说他长得有点像电视剧《仁医》的演员大泽隆夫。他在斯坦福工作期满回到秋田,投入繁忙的医疗工作,但是在每天看完病人之后的晚上,被科学的热情驱使,回到实验室做研究直到深夜。河村与薛人望继续合作这个IVA疗法的课题,从原先的小鼠实验基础上更进一步:河村取得妇女卵巢表层的小片,用IVA疗法药物处理之后移植到无免疫力的小鼠体内,每隔一天注射一剂卵泡刺激素,六个月之后——也就是每只小鼠注射九十次之后——竟然也得到成熟的人类卵子！这就证明了薛人望的小鼠实验研究的新发现，完全可以用到人体去。

这么重要的发现，在美国却很难应用到需要的病人身上，因为美国对病人做实验的规定非常严格，实验批准需要漫长的时间。更大的困难则是医疗费用：美国健保不支付不孕症治疗，而"试管婴儿"程序在美国收费极高，一般人实在难以负担。无奈之下只好先试用猴子做实验，但猴子非常昂贵；加上近年美国因为"反恐"而大增国防预算，又逢经济不景气，科研基金便遭到大幅度裁减，维持一个实验室日渐困难，用昂贵的猴子做实验更是不可能的奢侈。薛人望也试过与中国的科学家合作，但尚未获得突破性的成果。

西湖和小津

这时日本的机缘又出现了。2008年春天，在杭州的一个学术会议上，薛人望遇到日本东京圣马利安娜大学教授石塚。他们原先就认识，但没有机会多作交谈。在西湖边的悠闲气氛下，两人从基础科学研究谈到彼此的兴趣嗜好，留着过耳长发的石塚跑马拉松，年轻时喜欢爵士乐，擅长吹奏长笛，后来谈到日本文学和电影，发现都喜欢村上春树的小说和小津安二郎的电影；两人的妻子也加入谈心，越谈越投缘。石塚立即邀请薛人望次年到东京讲学，石塚的妻子则约了薛人望的妻子，来年同去北镰仓寻访小津的故居和长眠之地。

石塚是卵巢早衰病不孕症的专家，有许多病人来求医。一般人可能对卵巢早衰病症不太清楚：正常妇女从出生就有八十万个初始卵泡，但终其一生只有四百个长到成熟的卵泡；到五十一岁左右停经时已经没有卵泡了。而患有卵巢早衰症的病人，则在四十岁以下，甚至更早就已停经，使得怀孕无望。

谈到合作，薛人望便推荐已经回到秋田的河村一道合作，试验卵巢早衰病的治疗。在日本，任何一种原因的不孕症都是备受关注的问题：日本的人口危机非常严重，从2001年起日本人口年年减少，而且老龄化更是迅速，当今已是全世界平均年龄最大的国家，六十五岁以上的人口现在已占总人口的四分之一，以这样的速度到2050年，超过退休年龄的老龄人口将变成百分之四十，这对一个国家和社会是难以承受的灾难。对不孕症的治疗自是当务之急，所以他们提出的科研计划很快就得到临床实验的许可，从此日本团队成立。

其后河村每个月从秋田飞到东京，在圣马利安娜医院进行IVA（体外激活）临床实验手术。圣马利安娜是一所天主教私立大学，有附设的医学院和医院，医院不大，但很清静且富有人情味，病人与医生的关系非常好。在那里河村也有个很好的帮手，一位女博士研究员佐藤。佐藤和她的医生丈夫都在薛人望的实验室接受过两年训练。不认得佐藤的人见到她绝对不会想到这是位在医院工作的博士：一头长发染成金黄，每只耳朵都戴着七八个耳钉，骑一辆哈雷戴维森重型摩托车上下班，还是业余赛车手……可是她非常敬业，做事认真细心，技术绝对到位，最需要耐性的计算卵泡数目的工作就由她担纲。

河村使用的方法，是用腹腔镜从肚脐开小孔，取出卵巢早衰病人的卵巢，切片后加以冷冻；解冻后再切成更小片，然后用斯

《袋鼠男人》书影

坦福实验室发展出来的IVA疗法药剂处理两天，再用腹腔镜从肚脐小孔把这些小块的卵巢移植回病人体内，放在输卵管下面用病人自己的皮层造的一个"袋子"里。这是非常先进的技术，而河村的细心专注和他一双灵巧的手更是功不可没。

说到"袋子"，这里岔出一个题外话：许多年前，喜欢科幻小说的薛人望（他大学时便与当时的女友、后来的妻子李黎合作翻译出版了赫胥黎的《美丽新世界》），想过男人怀孕的可能——用自身皮肤做一个"袋子"（子宫），然后植入胚胎，让胎儿在父亲的身体里成长。这个奇想在医学技术上是可行的，他甚至将此奇想写成英文的故事大纲，可惜没有时间去完成，结果被妻子李黎写成长篇小说《袋鼠男人》，还被改编拍成同名电影。电影在洛杉矶拍摄期间，薛人望挂名担任了"科学顾问"，还客串演出他自己几秒钟。

不破不立

回到临床实验的医院现场：薛人望与河村整理移植的病人数据时吃惊地发现：成熟卵泡在移植病人体内仅数周之内便可得到，而不是之前的实验所需要的漫长的六个月。他不明白原因何在？

薛人望从年轻时就有不轻易服从体制威权的性格，喜欢跳出框框思考问题。他一直思索，何以河村会在数周内，就在病人被移植的小块卵巢里，看到成熟卵泡形成？有一天他骑着自行车在斯坦福大学校园时想到：移植病人被激活的卵泡，可能并不是初始卵泡！因为从初始卵泡到成熟卵泡的成长过程需要六个月，河村在免疫功能有缺陷的小鼠身上做的实验已经证明了这点；薛人望因而假设，在病人的卵巢里，很可能有较大的二级卵泡。

薛人望继续想着：何以二级卵泡会长得这么快？他骑过图书馆前罗丹的"沉思者"雕像，到了学校美丽的纪念教堂前中世纪修道院风格的广场时，突然灵光一现：河村是每次都需要把病人卵巢切成非常小的块儿，再移植回病人体内，薛人望研究卵巢四十年来一直有一个不能解答的问题突然出现了一线曙光——妇女因卵巢病变而造成不育的病症主要有两种，河村所想治的卵巢早衰症发病率只有百分之一，而另一种叫作多囊卵巢症的才是比较常见的，在十个生殖期妇女中就有一个会有此病。多囊卵巢症一般是用注射激素的方法，这个疗法在全世界一年有十亿美元的市场，由于药厂的大力推销，现在大部分病人都用激素疗法。但是薛人望记得有文献报道，早在1935年，就有医生用切除一小块多囊卵巢的外科手术方法来治不孕，后来还有人用比较简单的卵巢激光打洞法，成效也不差，可是现在大部分治疗不孕症的医生都不用这种"创伤性治疗法"了，因为担心对病人有长期副作用，而且激素疗法比起动手术简单多了。但是他知道，早有论文报道切块和打洞都跟注射激素一样有效。

薛人望因而有了一个新的想法：破坏卵巢，反而会造成卵泡快速成长，正是俗话所说的"不破不立"！河村在病人身上仅几个星期的时间就得到成熟的卵泡，会不会是因为他将解冻卵巢切成小块而引起的？于是薛人望设计了一个与一般常识反其道而行的实验：取出未成年小鼠的两个卵巢，一个切成三片，另一个保持原样，然后移植到另一只成年鼠的体内。假如他的"破·立"理论成立的话，切成三片的卵巢，就会比不切的长得更大！

这时，薛人望在斯坦福的实验室又来了一位女博士后研究员，名叫程圆，她是中国人，却有很特别的日本教育背景：沈阳高中毕业后即获日本京都大学奖学金取得学士学位，旋即进入日本顶尖的东京大学获得博士学位。这位东北姑娘心灵手巧，对科研有极大的热忱，工作非常努力。她加入实验室后便一直负责准备IVA疗法临床用的药剂。程圆聪明率真，薛人望以为她从小出国在外胆子一定很大，没想到她怕老鼠，而冤家路窄，她的研究实验非用老鼠不可，只好努力克服自己的心理恐惧。她做实验用的小鼠体型本来就小，又是才出生十天的幼鼠，卵巢比米粒大不了多少，还要切割处理，没有极度的细心耐性和纤巧的手艺是做不来的，可是程圆做到了。

薛人望提出要程圆切小鼠卵巢，故意不用他新研发的IVA疗法药剂处理就径行移植。五天后，程拿出移植的卵巢，不能相信自己的眼睛——切割处理过的卵巢，跟未切的比起来足足有三倍大！实验结果充分证明了卵巢的"创伤"会促使卵泡快速生长。薛把这个出人意料的结果告诉在日本的河村，那时已是地球另一边的深夜，刚看完病人的河村忘了一整天的工作疲劳，精神大振，非常兴奋好奇且难以置信，马上就循用同样的方法在秋田的实验室里用动物做实验，成功地重复了程圆做出的结果。

这时薛人望、程圆与河村都能确定，他们这一系列的实验解决了从1935年以来卵巢领域的一个重大难题：多囊卵巢症可以用切除一小块，或用激光打洞的方法来刺激卵泡生长，而用以治疗不孕症。"破·立"理论显然是对的，可是何以致之？原理何在？科学家又陷入长考了。

河马信息通道

薛人望百思不解：为什么会出现这个"破·立"现象——破坏卵巢，反而会造成卵泡快速成长？他的思路回到生物学的最原点：演化论。

薛人望常笑称自己是达尔文的信徒，由于对生物演化的钻研，而发展出对化石的兴趣。他还亲自去探访过几处古生物化石遗址：加拿大落基山脉的三叶虫化石遗址坡、云南澄江的古生物化石群、美国科罗拉多州的恐龙化石区……从来没有任何收集癖好的他，家中却放着几件古生物化石，其中有三叶虫、小鱼群，甚至微小到要用显微镜观看的不知名的古生物胚胎。他始终相信：所有生物界的疑问难题都可以用达尔文的演化论来解释，因为世间所有的生物都有共同祖先，许多不同动物的细胞，是靠相似的基因来调节功能的。所以在小鼠身上做成的试验，在人身上也应该一样可能成功。

正是在这个破解谜题的关键时刻，薛人望面临着一个实际的困难：无米之炊。和美国许许多多生物研究实验室一样，过去几年来薛的实验室也感受到愈发严重的经费短缺问题。这些研究经费最主要的来源是美国国家卫生总署，而总署的预算随着美国经济景况和政治趋向，已经逐年大量削减。另一个主要的民间来源是大药厂的研发部门，而药厂同样面临全球性的不景气，赞助学术机构的研发经费也大量减缩，甚至叫停。加上美国保守势力对与堕胎有关的研究一向限制颇多，联邦经费就不允许用在人类胚胎的研究上。小布什总统甚至亲笔签署禁止胚胎干细胞研究的法令。

处在这样低迷的大环境中，薛人望的不少学者同行纷纷忍痛放弃深入的研究工作，有的转而做行政，有的去教课，有的干脆提早退休。这种时刻薛人望怎会轻言放弃，但实验室一度陷入人手和经费双双短缺的困境也是事实，以至于他几度将自己的专利收入捐赠给实验室，来挺过这道难关。幸而不久之后"甘霖"从天而降：加州的"再生医学研究所"发放了一笔胚胎干细胞研究经费，薛的实验室申请到这笔经费，才算避过了断粮之虞。

"破·立"现象问题的解决，还要等到六个月之后——有一

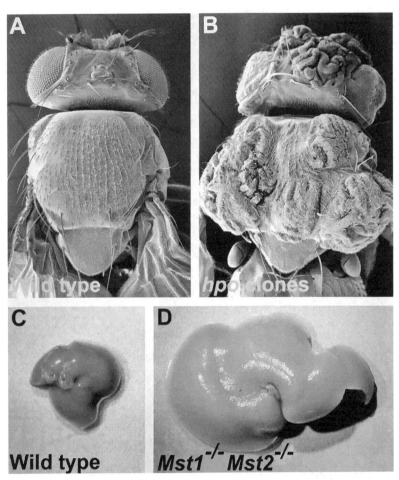

"河马通道"基因被破坏前的正常果蝇(上左)和破坏后长出肿瘤的果蝇(上右)。"河马通道"基因被破坏前的正常小鼠肝脏(下左)和破坏后的小鼠增大的肝脏(下右)(摘自 Development 学报,2011 138:9-22;doi:10.1242/dev.045500)

天薛人望在查阅文献时，看到有"河马信息通道"基因群在果蝇中能限制器官生长，假如这个"信息通道"基因被破坏，果蝇头上就会长出肿瘤，形状如河马粗厚的头颈，因而有此形象的定名。更有趣的是，这种基因在小鼠体内也有，假如把小鼠的心脏、肝脏中的"河马基因"用遗传方法敲除，就会发现这些器官长大到两三倍之多。所以，"河马基因"竟是个在果蝇和高等动物里，都会保证各个器官不会长过头而形成肿瘤的信号通路！

薛人望因而推断，在人类的卵巢里，也会有同样的"河马基因"，来控制卵泡不至于过度生长。于是薛人望让程圆与河村检验卵巢的"河马基因"。他俩所做的实验结果，证明了在小鼠及人的卵巢都有河马通路基因；切割卵巢后，破坏了河马通道，便使得卵泡迅速生长。薛人望总算弄明白了，这便是"破·立"的原理。

终于，"破·立"原理的临床发现得到了完整的解释。八十年来，医生们对于用"切块"治疗多囊卵巢症一直是知其然而不知其所以然，薛人望团队的发现不仅解答了"所以然"，而且能进一步在未来研究出使用影响"河马通道"的药物，来治疗多囊卵巢症的方法。

送子朱鹮

两年之后，东京圣马利安娜医院已为二十多名卵巢早衰病人进行治疗。除了两次腹腔镜手术外，病人每周或每两周回到医院做阴道超音波检查，看有没有长大的卵泡，有的病人住在外地，要乘几小时的车跋涉而来。看着这些满心希望能怀上孩子的妇女，医护人员最能理解她们身心承受的辛苦，但她们原是完全无望的不孕症病患啊！

初步治疗之后，有八个病人对 IVA 体外激活疗法有反应，其中五个病人可以取到成熟卵子，经由与丈夫的精子进行体外受精程序，成功得到了"前胚胎"。五人之中有三名病人还在接受激素注射，两名病人在胚胎放回子宫后宣告怀孕，最幸运的一位在怀胎九月后生出第一个"IVA 宝宝"。这位母亲在十一岁时初经，但从二十三岁起月经开始不规则，二十五岁便停经，结婚后很想生育，于是在二十九岁那年到圣马利安娜医院接受 IVA 疗法治疗，终于如愿生出儿子。新生儿通过健康检查，一切正常。负责接生的当然是河村大夫，照片里的他穿着产科手术服，抱着

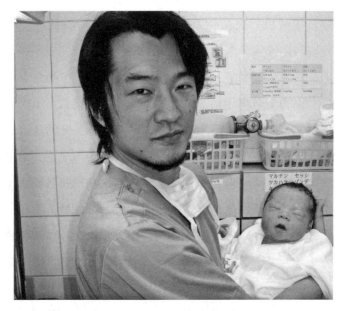

河村抱着刚出生的第一个 IVA 宝宝（河村教授供图）

几分钟前才来到世间的第一名"IVA 宝宝",神情和蔼喜悦,令人想到"仁医"。

2013 年 5 月,薛人望应邀到北海道参加日本妇产科学会全国大会,会后他与来自世界各国的学者,被招待去风景优美的洞爷湖畔、举办过"八国高峰会"的温莎度假酒店过周末。会上他总结与日本的渊源:他的实验室这些年来训练了二十九名日本籍博士后研究员,其中一位刚升任东京大学妇产科系正教授——东大医学院的教授向来享有尊崇的学术地位,也是日本皇室的"御医"。

可是很少人知道:薛人望的母亲也是一位妇产科医生;而六十年前,同是念福建医学院的薛的父亲却投笔从戎,决定不做医生而做空军飞行员,加入抗日战争的行列,在四川省上空击落过日本敌机。现在薛人望却以 IVA 疗法帮助日本,以他的科学发现帮助纾解日本的人口危机。两代人处于完全不一样的历史点上,从战争到和平,其间的转折发人深省,更是令人欣慰。

因为父亲当年是空军,薛人望出生在南京空军医院,不到一岁随父母到台湾;不幸父母早逝,义父母张元凯医师夫妇抚养他完成高中和大学教育。他在台大动物系毕业之后,申请到美国普渡大学全额奖学金,得到硕士学位后又在得州贝勒医学院获得博士学位。先是在圣地亚哥加州大学医学院任教十五年,后来到斯坦福大学医学院任教,也已超过二十年之久。这些年薛人望的研究重点一直是妇女卵巢和激素的生理学,从世界各国来到他的实验室、由他教导训练过的博士后研究学者和医生,至今已有一百八十多名,其中许多位后来在领域中卓有成就,在世界各所名校行医任教。例如其中一位早已升任为荷兰乌垂特大学妇产科系主任,是欧洲治不孕症的顶尖名医;有一位担任芬兰大学小儿科的系主任,另一位则曾任美国常春藤名校布朗大学的医学院院长,还有一位已经是中国科学院院士。

在演讲报告的最后,薛人望放映"朱鹮鸟"的图片,以之为象征谈到国际的合作。朱鹮(Crested Ibis)是一种鹭科鹤类的鸟,多为白色(也有朱红色的),细长的啄和腿都是朱红色,有的展翼之际可看到翅膀的红晕,非常优雅美丽。从朱鹮的拉丁学名 Nipponia nippon 可以看出原是日本特有的鸟,但在日本已绝迹;后来在中国陕西一带发现行踪,中国随即将之进行培育,薛人望就曾在西安一个濒临绝种动物保育中心看到过朱鹮。中国把培育出来的朱鹮送给日本,作为友好的象征;网上便有一幅照片,是日本皇子夫妇将保育的朱鹮放生到大自然去。这种鸟生活在东北亚一带:中国、西伯利亚、朝鲜、韩国、日本……这些历史上曾经,甚至近年也有不同规模冲突的地方,都是朱鹮的生活圈。薛人望在报告的总结部分指出:鸟类是无国界的,不受疆域划分或人为割裂的限制,自由翱翔;科学也应如此:科学无国界,科学家超越地域种族甚至历史仇恨而合作,才能促成人类科学的发现和进展。

不久之后,关于 IVA 体外激活疗法的网站也成立了,为病人提供有关的信息。这个网站(IVAfertility.com)就用了"朱鹮送子"图像作为标识,有繁体中文、简体中文、英文和日文几种语言选择。这个网站的设计者是一名计算机系的大学生,他就是薛人望的"奇迹宝宝"儿子。

分别在中国（右）和日本（左）发行的朱鹮邮票

IVA 生育网站（IVAfertility.com）的"送子朱鹮"标识设计图

2014年11月，在斯坦福大学近旁的四季酒店举办了一个以 IVA 为主题的学术会议，上百名来自世界各地的医生和科学家，面对面热烈地讨论交流。不久之后，河村与薛人望到世界各国协助不同生殖中心应用 IVA 治疗卵巢早衰病人。

朱鹮返航：第一名中国 IVA 宝宝

2014年秋天，薛人望把 IVA 体外激活疗法带到中国。河村平日从清晨忙到深夜，看病人、动手术、做实验，只有周末有空；薛人望在一个星期四抵达东京，星期五陪河村飞中国河南省郑州市。河村在中学时曾随一个中日少年友好访问团到过中国，三十年后他再度踏上中国的土地，中国已经完全不一样了。郑州大学第一附属医院是一亿人口的河南省最重要的医院，有将近八千个床位，规模应该是全世界最大的。副院长孙莹璞是一名医术高超，又以病人的权益为重的妇产科医师。她建立了一个平均每年可做上万个试管婴儿疗程的团队，造福了许多不孕病人。她领导的"郑大一院"生殖中心，决定用 IVA 体外激活疗法免费医治第一批患者。于是一个时间有限、过程紧张的周末在中原郑州展开了。

除了薛人望和河村，还有两位不可少的人物：程圆和佐藤。她俩得在那个周末之前争分夺秒地分别从美国和日本飞抵郑州，做好先头部队的前置工作。最惊险的是，程圆当时还没有申请到回美签证，却不顾一切地上了旧金山飞往中国的班机；也就是说，她回来时很可能在海关被拒绝入境，不知多久才能见到她的丈夫和刚满周岁的女儿！（幸好她在中国时，能干的丈夫将她的回美签证及时拿到并快寄到她手上。）还好佐藤离得近没有波折，到了中国又有精通日语的程圆做翻译，让她的第一次中国之行愉快无比。

孙副院长和她手下的团队（几乎全是女将）堪称是一支铁娘子军。领军的孙莹璞虽然说话轻柔、气质优雅，却是一名行事果断有魄力的领导。她决定一天之内，一口气做八个病人的卵巢片移植手术（河村在日本孤军奋斗，一周只做一个）。而女将们不

薛人望和"郑大一院"团队（左起：翟军、薛人望、河村、孙莹璞、纪妹、程圆）

但技术高超、心灵手巧，还有创意——她们在河村的指导下不仅一学就会，而且立刻发展出更快速的方法：河村放回卵巢片是一个一个地放，她们觉得太慢，便用一根细长塑料管，一次可以推进十几个卵巢片，大大减少了手术时间。团队大将翟军，虽然名字像个威武男士，本人却是个高挑秀丽的美女，手特别巧，心思细密，技术高超。看着这样的团队，薛人望与河村都充满信心。

大功告成的那晚，佐藤特别高兴。来自仍然以男性为多数、占主导的日本医界，她目睹中国女性同行出色的表现，兴奋地与大家开怀畅饮。当晚号称海量的佐藤据说干下了至少一瓶茅台，不支而大醉，第二天还带着酒意飞回日本。

郑州的新 IVA 团队和她们的新式"推管"技术，使得 IVA 技术更完善，让更多病人受益。终于，2015 年 12 月，"郑大一院"在中、美、日的合作下，诞生了中国第一例 IVA 宝宝——一名健康的男婴。在同月举行的"中华生殖医学年会"上，来自全国各地的不孕症专家聆听了孙莹璞、薛人望和翟军的讲座。

随后几年,IVA 技术继续推广到世界各地,除了日本及中国,在西班牙、波兰、丹麦及印度等国已共有二十多个 IVA 宝宝陆续出生。2018 年,全世界第一个 IVA 宝宝的妈妈请河村教授为她再做一次 IVA 手术,次年在东京生下一个女儿——她的第二个 IVA 宝宝。同年,台湾长庚医院的张嘉琳教授,用破坏河马通道的观念,使用腹腔镜在活体内浅切卵巢,使得两名四十多岁、卵巢反应低下的病人,能够生出自己的小孩。

基础科学研究结合了临床治病,跳出框架的思考,配合细致严谨的手术和实验技术,跨国界、跨文化的合作相辅相成,为世间带来新生命和希望……这就是薛人望和他的同行们的故事。

后　记

　　二三十年间无数次远渡重洋来到海峡两岸的追寻，数百页泛黄脆裂字迹漫漶的信笺笔记的逐件披阅，两千多页血泪斑斑难以卒读的解密图档，两年里的反复增删书写……终于，是完稿的时候了。

　　2019年11月，《白鸽木兰》繁体字版在台湾问世。之后不久便有亲族友人做出指点建议，于是又有了需要改正和增补的地方；细节如明珠母亲的排行、照片人物的说明，历史大事如"赵良璋事件"的重要性，还有我继续查找资料又发现"蔡汝鑫"的真实身份，等等，都悉数增改补充在这个版本里了。

　　然而我相信，同时也衷心期待，还将会有更多的增补出现；尤其是至今尚未能释清的几桩重大疑点——我甚至忧心在自己的有生之年是否能寻得答案。比如薛、姚夫妇奉命赴台湾真正的具体任务是什么？姚明珠作为平民女性，而"判决书"上的罪名亦非极度严重确凿，最终为何也被判处死刑？台湾的"国家档案馆"公开"解密"的档案理应完整齐全，但薛、姚二人被关押的四年多里，何以竟有两年之久毫无片言只语的记录？乃至他俩在潜伏台湾的特工系统中，究竟具有什么样的地位与重要性，都无法寻得直接的证明资料。这些最关键的"秘密"何日才能解，非我能知。同样耐人寻味的是，日后他们的儿子在台湾服兵役、海外留学审查这些重大关头，似乎都有一双暗中保护他过关的无形的手；这是来自何方的庇佑，恐怕永远是个谜了。此书在大陆出版之后，我得到的回响中若能有拨开迷雾的线索，那将会为这本书添上最重要的最后一笔——因为这绝不仅是个人或家族的故事，而正是许许多多这样的故事，才汇聚成中华民族这幅艰苦又壮丽的历史长卷。

等待是与时间拔河。在等待中我得以看到从前无法奢望的审讯档案，那些珍贵难得的物证；但在等待中我也错过了同样珍贵难得的人证。我已经等得太久，如果二十年前就动笔，那时可能还有知情的幸存者；然而那时也还无从知道哪些人是我该去寻访的，那时更无法窥见在暗黑深渊中封锁了半个多世纪的绝密档案。当真相的冰山逐渐对我显现它的壮阔全貌之际，它也在时间的温度中逐渐消融。我不能再等，我尽己所能呈现所有我能读到、保存、查找到的史料，虽然我相信还有更多——我的等待已经成为期待，很可能终我一生都将继续求索。

在我接触到的大陆的相关资料中，我当然特别重视有关于薛、姚的上级、同学（包括驾机起义的英雄），还有他们的亲人的情况。令我痛心无比的，是这些人日后的遭遇："文革"期间，他们捍卫祖国的灿丽功勋被颠倒成为污蔑罪证，承受了百口莫辩的非难和冤屈。幸而他们最后都还得清白，他们的后人也得知了还原后的真相。当我面对这些位父辈的子女时，没有丝毫陌生疏离的感觉，因为我们的父辈曾经一同背负了历史的重荷走过艰辛长途，我们追随他们最后一段路程，那些足迹已经深植在这一代人的共同记忆中了。

有评者将此书联系台湾解严前的"白色恐怖"年代的历史，其实并非尽然。虽然在时间上，"白鸽木兰"的最后经历与那个年代是重合的；但在性质上，介民与明珠的身份职责、他们承担的任务和在这段历史中肩负的使命，却是不尽相同的。尽管如此，在求索的这些年里，我接触了"白色恐怖"年代直接间接的受难者，他们给予我的关怀和帮助不仅写在书里，更铭记心中。当然因此也接触了大量有关"白色恐怖"的史料，甚至参观了留作凭证纪念的实际地点。无论是什么样的"恐怖"，在历史长河里终究成为一串事件和数字，但落实到具体的"人"，便是一个个活生生的父母子女的生离死别、家破人亡，无辜的孩子、失依老人的哭喊哀号……在书写中，我感受到的痛楚不仅是为着自己的亲人和我知道的人，也为着无数承受恐怖苦难的众生。但愿这样的历史永远永远不要在任何一块土地上重演。

重读书稿，看到薛家的恩人张元凯、吴珍玉夫妇探监送衣、收养遗孤那些段落，更觉得多少感谢感恩的言语文字都难以表达于万一。许多人对信件、日记、笔记得以保存数十载感到惊讶，连我自己都觉得不可思议，而这当然也要归功于张、吴二位。他们不仅义薄云天，在薛、姚受难时不畏身家性命可能受到牵连之危而慨然相助，甚至细致周到地为孩子们保存了父母亲的信件、日记、笔记及其他遗物；几度搬家、出国，依然不离不弃，最后交到了孩子们手中。没有这批最最珍贵的第一手资料,这本书是无论如何也写不出来的。可惜书出时张医师已经逝世八年了。有一位好友读后便想亲自向从未见过面的张夫人吴女士致敬,在一封致吴女士的信中他这样写道:因为她和张医师无私的果敢义行,"给这个世间带来肯定和鼓舞:人是可以这样活的!"。

岁月久远,历史美好的记录成就了史诗,为理想献身的事迹和先人的壮烈情怀,因为时空的遥远而变得像一则传奇……但这一切都曾活生生地存在于一些已然老去的人的心里和记忆中。"不容青史尽成灰",如果我不及时描绘他们的真实面貌,怎忍心这一切被时间的尘埃淹没!

书成之后,故事并没有完,历史的长卷还在缓缓铺陈。所以这是一本未尽之书。何况,"白鸽木兰"还有第三代,绽放在美洲,跌宕起伏的又是另一个风貌的历史。无论走得多远,历史不仅在我们的背后,也在我们的前方。

2020年4月于美国加州斯坦福